U0789143

藏書

珍藏版

四書五經

贰

赵文博 主编

辽海出版社

泰伯第八

【原文】

子曰："泰伯①，其可谓至德②也已矣！三以天下让③，民无得而称④焉。"⑤

【注释】

①泰伯，周大王之长子。

②至德，谓德之至极，无以复加者也。

③三让，谓固逊也。

④无得而称，其逊隐微，无迹可见也。

⑤盖大王三子：长泰伯，次仲雍，次季历。大王之时，商道寖衰，而周日强大。季历又生子昌，有圣德。大王因有翦商之志，而泰伯不从，大王遂欲传位季历以及昌。泰伯知之，即与仲雍逃之荆蛮。于是大王乃立季历，传国至昌，而三分天下有其二，是为文王。文王崩，子发立，遂克商而有天下，是为武王。夫以泰伯之德，当商周之际，固足以朝诸侯、有天下矣，乃弃不取而又泯其迹焉，则其德之至极为何如哉！盖其心即夷、齐扣马之心，而事之难处有甚焉者，宜夫子之叹息而赞美之也。泰伯不从，事见《春秋传》。

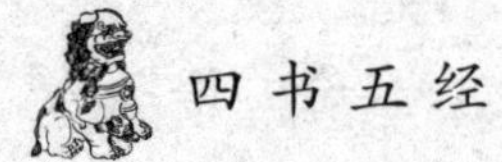

【译文】

孔子说："泰伯，可以说是品德非常高尚了，他多次让天下给季历，人民却不知该用什么样的话来称赞他。"

【原文】

子曰："恭而无礼则劳，慎而无礼则葸，勇而无礼则乱，直而无礼则绞①。君子笃于亲，则民兴于仁；故旧不遗，则民不偷。②"

【注释】

①葸（xǐ），胥里反，畏惧貌。绞（jiǎo），急切也。无礼则无节文，故有四者之弊。

②君子，谓在上之人也。兴，起也。偷，薄也。张子曰："人道知所先后，则恭不劳、慎不葸、勇不乱、直不绞，民化而德厚矣。"吴氏曰："'君子'以下，当自为一章，乃曾子之言也。"愚按：此一节与上文不相蒙，而与首篇"慎终追远"之意相类，吴说近是。

【译文】

孔子说："恭敬却不懂得礼就会劳累，谨慎而不懂礼就会胆怯，勇敢而不懂礼就会作乱，率直而不懂得礼就会尖刻。在上位的人厚待亲属，百姓就会兴起仁的风气，不遗弃老朋友，人民就不会寡情薄义。"

【原文】

曾子有疾，召门弟子曰："启予足！启予手①！《诗》②云：'战战兢兢，如临深渊，如履薄冰。'而今而后，吾知免夫③！小子！"

【注释】

①启，开也。曾子平日以为身体受于父母，不敢毁伤，故于此使弟子开其衾而视之。

②《诗》，《小旻》之篇。

③战战，恐惧。兢兢，戒谨。临渊，恐坠；履冰，恐陷也。曾子以其所保之全示门人，而言其所以保之之难如此；至于将死，而后知其得免于毁伤也。夫，音扶。

④小子，门人也。语毕而又呼之，以致反复叮咛之意，其警之也深矣。程子曰："君子曰终，小人曰死。君子保其身以没，为终其事也，故曾子以全归为免矣。"尹氏曰："父母全而生之，子全而归之。曾子临终而启手足，为是故也。非有得于道，能如是乎？"范氏曰："身体犹不可亏也。况亏其行以辱其亲乎？"

【译文】

曾子有病，召集自己的学生，说："看看我的脚，看看我的手。《诗经》上说：'小心谨慎啊，就像站在深渊的边上，就像踩在薄冰的上面。'从今往后，我知道可以免于刑戮毁伤了，学生们。"

【原文】

曾子有疾，孟敬子问之①。曾子言曰②："鸟之将死，其鸣也哀；人之将死，其言也善③。君子所贵乎道者三：动容貌，斯远暴慢矣；正颜色，斯近信矣；出辞气，斯远鄙倍矣。笾豆之事，则有司存。"④

太庙问礼

【注释】

①孟敬子，鲁大夫仲孔氏，名捷。问之者，问其疾也。

②言，自言也。

③鸟畏死，故鸣哀。人穷反本，故言善。此曾子之谦辞，欲敬子知其所言之善而识之也。

④远、近，并去声。贵，犹重也。容貌，举一身而言。暴，粗厉也。慢，放肆也。信，实也。正颜色而近信，则非色庄也。辞，言语。气，声气也。鄙，凡陋也。倍，与背同，谓背理也。笾，竹豆。豆，木豆。言道虽无所不在，然君子所重者，在此三事而已。是皆修身之要、为政之本，学者所当操存省察，而不可有造次、颠沛之违者也。若夫笾豆之事，器数之末，道之全体固无不该，然其分则有司之守，而非君子之所重矣。程子曰："动容貌，举一身而言也。周旋中礼，暴慢斯远矣。正颜色则不妄，斯近信矣。出辞气，正由中出，斯远鄙倍。三者正身而不外求，故曰'笾豆之事则有司存。'。"尹氏曰："养于中则见于外，曾子盖以修己为为政之本。若乃器用事物之细，则有司存焉。"

【译文】

曾子有病，孟敬子去探望他。曾子说道："鸟快要死的时候，他的鸣叫声是凄哀的；人快要死的时候，他说的话也是和善的。君子所看重的道德有三个方面：注意自己的容貌从容、恭敬，就能避免别人的粗暴和怠慢；端正自己的脸色，就能使人信任你；注意自己的言辞语气，就可以避免粗野和悖理。至于祭祀之类的事情，自有有司这样的官去管。"

【原文】

曾子曰：“以能问于不能，以多问于寡；有若无，实若虚，犯而不校，昔者吾友尝从事于斯矣。”①

【注释】

①校，计校也。友，马氏以为颜渊是也。颜子之心，惟知义理之无穷，不见物我之有间，故能如此。谢氏曰：“不知有余在己，不足在人；不必得为在己，失为在人：非几于无我者不能也。”

【译文】

曾子说：“有才能的人向无才能的人请教，知识多的人向知识少的人请教；有知识却像没知识一样，知识充实却像知识空虚一样，别人触犯他他也不计较。从前我的朋友（指颜回）就曾这样做了。”

【原文】

曾子曰：“可以托六尺之孤，可以寄百里之命，临大节而不可夺也，君子人与？君子人也。”①

【注释】

①与，平声，疑辞。也，决辞。设为问答，所以深著其

必然也。其才可以辅幼君、摄国政，其节至于死生之际而不可夺，可谓君子矣。程子曰："节操如是，可谓君子矣。"

【译文】

曾子说："可以把幼小的君主托付给他，可以将国家的命运委托给他，到了生死存亡的关头而能保持大节，这种人是君子吗？是君子啊！"

【原文】

曾子曰："士不可以不弘毅，任重而道远①。仁以为己任，不亦重乎？死而后已，不亦远乎？"②

【注释】

①弘，宽广也。毅，强忍也。非弘不能胜其重，非毅无以致其远。程子曰："弘而不毅，则无规矩而难立；毅而不弘，则隘陋而无以居之。"又曰："弘大刚毅，然后能胜重任而远到。"

②仁者，人心之全德，而必欲以身体而力行之，可谓重矣。一息尚存，此志不容少懈，可谓远矣。

【译文】

曾子说："读书人不可以不心胸宽广、意志坚强，因为他们责任重大而且路途遥远。把实现仁德当作自己的责任，难道不是很重大吗？努力到死才罢休，难道路途不是很遥远吗？"

【原文】

子曰："兴于《诗》①。立于礼②。成于乐③。"

【注释】

①兴，起也。《诗》本性情，有邪有正。其为言既易知，而吟绂之间，抑扬反复，其感人又易入。故学者之初，所以兴起其好善恶恶之心而不能自已者，必于此而得之。

②礼以恭敬辞逊为本，而有节文度数之详，可以固人肌肤之会、筋骸之束。故学者之中，所以能卓然自立，而不为事物之所摇夺者，必于此而得之。

③乐有五声十二律，更唱迭和，以为歌舞八音之节，可以养人之性情，而荡涤其邪秽，消融其渣滓。故学者之终，所以至于义精仁熟而自和顺于道德者，必于此而得之。是学之成也。按《内则》，十岁学幼仪，十三学乐诵《诗》，二十而后学礼。则此三者，非小学传授之次，乃大学终身所得之难易、先后、浅深也。程子曰："天下之英才不为少矣，特以道学不明，故不得有所成就。夫古人之诗，如今之歌曲，虽闾里童稚，皆习闻之而知其说，故能兴起。今虽老师宿儒，尚不能晓其义，况学者乎？是不得兴于《诗》也。古人自洒扫应对，以至冠、昏、丧、祭，莫不有礼。今皆废坏，

是以人伦不明，治家无法。是不得立于礼也。古人之乐：声音所以养其耳，采色所以养其目，歌绂所以养其性情，舞蹈所以养其血脉。今皆无之，是不得成于乐也。是以古之成材也易，今之成材也难。"

【译文】

孔子说："《诗》可以振奋精神，礼可以坚定情操，音乐可以促进事业的成功。"

【原文】

子曰："民可使由之，不可使知之。"①

【注释】

①民可使之由于是理之当然，而不能使之知其所以然也。程子曰："圣人设教，非不欲人家喻而户晓也，然不能使之知，但能使之由之尔。若曰圣人不使民知，则是后世朝四暮三之术也，岂圣人之心乎？"

【译文】

孔子说："老百姓，可以使他们照着我们的意思去做，却不容易使他们懂得为什么要这样做。"

【原文】

子曰：“好勇疾贫，乱也。人而不仁，疾之已甚，乱也。”①

【注释】

①好，去声。好勇而不安分，则必作乱。恶不仁之人而使之无所容，则必致乱。二者之心，善恶虽殊，然其生乱则一也。

【译文】

孔子说：“崇尚勇敢而讨厌贫困，这样的人是一种祸害；对不仁的人，憎恨得过分，这也会使他成为祸害。”

【原文】

子曰：“如有周公之才之美①，使骄且吝②，其馀不足观也已。”③

【注释】

①才美，谓智能技艺之美。

②骄，矜夸。吝，鄙啬也。

③程子曰：“此甚言骄、吝之不可也。盖有周公之德，则自无骄、吝；若但有周公之才而骄、吝焉，亦不足观矣。”

又曰："骄，气盈。吝，气歉。"愚谓骄、吝虽有盈歉之殊，然其势常相因。盖骄者吝之枝叶，吝者骄之本根。故尝验之天下之人，未有骄而不吝，吝而不骄者也。

【译文】

孔子说："有人即使能具备周公那样美好的才能，如果他又骄傲又吝啬，那么他的其他方面也就不值得看了。"

【原文】

子曰："三年学，不至于谷，不易得也。"①

【注释】

①至，疑当作志。谷，禄也。易，去声。为学之久，而不求禄，如此之人，不易得也。杨氏曰："虽子张之贤，犹以干禄为问，况其下者乎？然而三年学而不至于谷，宜不易得也。"

【译文】

孔子说："读了多年的书，还没有做官的想法，这样的人难得呀！"

【原文】

子曰："笃信好学，守死善道①。危邦不入，乱邦不居。

天下有道则见，无道则隐②。邦有道，贫且贱焉，耻也。邦无道，富且贵焉，耻也。③"

【注释】

①笃，厚而力也。好，去声。不笃信，则不能好学；然笃信而不好学，则所信或非其正。不守死，则不能以善其道；然守死而不足以善其道，则亦徒死而已。盖守死者笃信之效，善道者好学之功。

②君子见危授命，则仕危邦者无可去之义，在外则不入可也。乱邦未危，而刑政纪纲紊矣，故洁其身而去之。天下，举一世而言。见，贤遍反。无道，则隐其身而不见也。此惟笃信好学、守死善道者能之。

③世治而无可行之道，世乱而无能守之节，碌碌庸人，不足以为士矣，可耻之甚也。晁氏曰："有学有守，而去就之义洁，出处之分明，然后为君子之全德也。"

【译文】

孔子说："坚定信念，勤奋学习，誓死固守完美的治国做人的原则。政局危急的国家不去，政治混乱的国家不住。天下太平就出来做官，天下混乱就隐退。国家的政治清明而自己贫贱不能上进，这是耻辱；国家政治黑暗，而自己富贵，也是可耻的。"

【原文】

子曰："不在其位，不谋其政。"①

【注释】

①程子曰："不在其位，则不任其事也。若君大夫问而告者，则有矣。"

【译文】

孔子说："不在这个职位上，就不要思虑这个职位上的政事。"

【原文】

子曰："师挚①之始，《关雎》之乱②，洋洋③乎盈耳哉！"④

【注释】

①挚，音志。师挚，鲁乐师名挚也。

②雎，七余反。乱，乐之卒章也。《史记》曰："关雎之乱以为风始"。

③洋洋，美盛意。

④孔子自卫反鲁而正乐，适师挚在官之初，故乐之美盛如此。

大夫师事

【译文】

孔子说："从大师挚开始演奏，一直到结尾合奏《关雎》，乐声美妙动听，充满了我的耳朵啊！"

【原文】

子曰："狂而不直，侗①而不愿②，悾悾③而不信，吾不知之矣。④"

【注释】

①侗，音通，无知貌。

②愿，谨厚也。

③悾，音空。悾悾，无能貌。

④“吾不知之”者，甚绝之之辞，亦不屑之教诲也。苏氏曰：“天之生物，气质不齐。其中材以下，有是德则有是病，有是病必有是德。故马之蹄啮者必善走，其不善者必驯。有是病而无是德，则天下之弃才也。”

【译文】

孔子说：“狂妄而不直率，幼稚而不老实，貌似诚恳而不讲信用——这种人我是无法明白的。”

【原文】

子曰：“学如不及，犹恐失之。”①

【注释】

①言人之为学，既如有所不及矣，而其心犹竦然，惟恐其或失之，警学者当如是也。程子曰：“学如不及，犹恐失之，不得放过。才说姑待明日，便不可也。”

【译文】

孔子说：“做学问，就好像（追一个东西），只怕赶不上，（赶上了）又担心失去它。”

【原文】

子曰：“巍巍①乎！舜、禹之有天下也，而不与②焉。”

【注释】

①巍巍，高大之貌。

②与，去声。不与，犹言不相关，言其不以位为乐也。

【译文】

孔子说："舜和禹拥有天下，身为天子，那真是伟大啊！他们一点也不谋私利。"

【原文】

子曰："大哉尧之为君也！巍巍乎！唯天为大，唯尧则之。荡荡乎！民无能名焉①。巍巍乎其有成功也！焕乎其有文章！②"

【注释】

①唯，犹独也。则，犹准也。荡荡，广远之称也。言物之高大，莫有过于天者，而独尧之德能与之准。故其德之广远，亦如天之不可以言语形容也。

②成功，事业也。焕，光明之貌。文章，礼乐法度也。尧之德不可名，其可见者此尔。尹氏曰："天道之大，无为而成。唯尧则之以治天下，故民无得而名焉。所可名者，其功业文章巍然焕然而已。"

【译文】

孔子说："尧作为君主真是伟大啊！只有天是真正巍然高大的，只有尧能够以天为法则。他的恩德真是浩荡啊，人们不知怎样称赞他。他的功绩真是崇高啊！他的礼乐制度是那么美好光明！"

【原文】

舜有臣五人[1]而天下治[2]。武王曰："予有乱[3]（臣）十人。[4]"孔子[5]曰："才难，不其然乎[6]？唐、虞之际，于斯为盛[7]。有妇人焉，九人而已。三分[8]天下有其二，以服事殷。周之德，其可谓至德也已矣。[9]"

【注释】

①五人，禹、稷、契、皋陶、伯益。

②治，去声。

③马氏曰："乱，治也。"或曰："乱，本作乿，古治字也。"

④《书·泰誓》之辞。十人，谓周公旦、召公奭、太公望、毕公、荣公、太颠、闳夭、散宜生、南宫适，其一人谓文母。刘侍读以为子无臣母之义，盖邑姜也。九人治外，邑姜治内。

⑤称孔子者，上系武王君臣之际，记者谨之。

司马迁像

⑥ "才难"，盖古语，则孔子然之也。才者，德之用也。

⑦ 唐、虞，尧、舜有天下之号。际，交会之间。言周室人才之多，惟唐、虞之际乃盛于此。降自夏、商，皆不能及，然犹但有此数人尔，是才之难得也。

⑧ 或曰："宜断'三分'以下，别以'孔子曰'起之，而自为一章。"

⑨《春秋传》曰："文王率商之畔国以事纣。"盖天下归文王者六州，荆、梁、雍、豫、徐、扬也。惟青、兖、冀尚属纣耳。范氏曰："文王之德，足以代商。天与之，人归之，乃不取而服事焉。所以为至德也。孔子因武王之言而及文王之德，且与泰伯皆以'至德'称之，其旨微矣。"

【译文】

舜有五位贤臣，天下大治。周武王说："我有治国贤臣十人。"孔子说："（自古说：）'人才难得。'不是这样吗？唐尧和虞舜在位时代以及周武王说话之时，人才最为兴盛。然而武王十臣中还有一位妇女，实际上只是九位罢了。周文王拥有天下的三分之二，却仍然臣服于商朝。周朝的道德，可以说是最高的道德了。"

【原文】

子曰："禹，吾无间①然矣。菲②饮食，而致孝乎鬼神③；恶衣服，而致美乎黻冕④；卑宫室而尽力乎沟洫⑤。禹，吾无间然矣！⑥”

【注释】

①间，去声，罅隙也，谓指其罅隙而非议之也。

②菲，音匪，薄也。

③致孝鬼神，谓享祀丰洁。

④衣服，常服。黻，音弗，蔽膝也，以韦为之。冕，冠也。皆祭服也。

⑤洫，况逼沟洫，田间水道，以正疆界、备旱涝者也。

⑥或丰或俭，各适其宜，所以无罅隙之可议也，故再言以深美之。杨氏曰：“薄于自奉，而所勤者民之事，所致饰者宗庙朝廷之礼，所谓‘有天下而不与’也，夫何间然之有！”

【译文】

孔子说：“对于禹，我没什么可指责的了。他吃得很差，却把祭品办得很丰盛；他穿得很坏，却把祭服做得很讲究；他住得很简陋，却用全力兴修水利。对于禹，我没什么可指责的了。”

卷　五

子罕第九

【原文】

子罕言利与命与仁。①

【注释】

①罕，少也。程子曰："计利则害义，命之理微，仁之道大，皆夫子所罕言也。"

【译文】

孔子很少去谈利、命和仁。

【原文】

达巷党人①曰:"大哉孔子! 博学而无所成名②。"子闻之，谓门弟子曰: "吾何执③? 执御乎? 执射乎? 吾执御矣。④"

【注释】

①达巷，党名。其人姓名不传。

②博学无所成名，盖美其学之博而惜其不成一艺之名也。

③执，专执也。

④射、御皆一艺，而御为人仆，所执尤卑。言欲使我何所执以成名乎? 然则吾将执御矣。闻人誉己，承之以谦也。尹氏曰: "圣人道全而德备，不可以偏长目之也。达巷党人见孔子之大，意其所学者博，而惜其不以一善得名于世，盖慕圣人而不知者也。故孔子曰: '欲使我何所执而得为名乎? 然则吾将执御矣。'"

【译文】

达巷有一个人说: "孔子真伟大! 学识广博，可惜没有一项用来树立名声的特长。"孔子听到这话，对学生们说: "我专攻什么呢? 专攻驾车吗? 专攻射箭吗? 我专攻驾车好了。"

【原文】

子曰："麻冕，礼也；今也纯，俭。吾从众①。拜下，礼也②；今拜乎上，泰③也。虽违众，吾从下。"④

【注释】

①麻冕，缁布冠也。纯，丝子。俭，谓省约。缁布冠，以三十升布为之，升八十缕，则其经二千四百缕矣。细密难成，不如用丝之省约。

②臣与君行礼，当拜于堂下。君辞之，乃升，成拜。

③泰，骄慢也。

④程子曰："君子处世，事之无害于义者，从俗可也；害于义，则不可从矣。"

问礼老聃

【译文】

孔子说："用麻做礼帽，是合于古礼的。现在都改用丝，要节省一些，我听从大众的做法。先在堂下拜两拜磕头，然后升堂拜两拜磕头，这是合乎臣下见君的古礼的。现在都只在堂上拜两拜磕头，这太倨傲了。虽然违反了大众的做法，我也还是主张先在堂下拜两拜磕头。"

【原文】

子绝①四：毋②意，毋必，毋固，毋我。③

【注释】

①绝，无之尽者。

②毋，《史记》作"无"，是也。程子曰："此毋字，非禁止之辞。圣人绝此四者，何用禁止？"

③意，私意也。必，期必也。固，执滞也。我，私己也。四者相为始终，起于意，遂于必，留于固，而成于我也。盖意、必常在事前，固、我常在事后，至于我又生意，则物欲牵引，循环不穷矣。张子曰："四者有一焉，则与天地不相似。"杨氏曰："非知足以知圣人，详视而默识之，不足以记此。"

【译文】

孔子绝对不犯四种毛病，做到：不凭空臆测，不绝对肯

274

定，不固执己见，不惟我独是。

【原文】

子畏于匡①。曰："文王既没，文②不在兹③乎？天之将丧斯文也，后死者不得与④于斯文也；天之未丧斯文也，匡人其如予何？⑤"

【注释】

①畏者，有戒心之谓。匡，地名。《史记》云："阳虎曾暴于匡，夫子貌似阳虎，故匡人围之。"

②道之显者谓之文，盖礼乐制度之谓。不曰道而曰文，亦谦辞也。

③兹，此也，孔子自谓。

④丧、与，并去声。

⑤马氏曰："文王既没，故孔子自谓后死者。言天若欲丧此文，则必不使我得与于此文；今我既得与于此文，则是天未欲丧此文也。天既未欲丧此文，则匡人其奈我何？言必不能违天害己也。"

【译文】

孔子在匡被拘禁，说："文王既已死了，文化传统不是还在我这里吗？如果上天果真要消灭这文化，我也就不会掌握这文化了。如果上天并不打算消灭这文化，匡人又能将我怎么样？"

【原文】

大宰①问于子贡曰："夫子圣者与？何其多能也？②"子贡曰："固天纵之将圣，又多能也。③"子闻之，曰："大宰如我乎！吾少也贱，故多能鄙事。君子多乎哉？不多也。④"牢⑤曰："子云：'吾不试，故艺。'⑥"

【注释】

①大，音泰。孔氏曰："大宰，官名。或吴或宋，未可知也。"

②与，阴平。与者，疑辞。大宰盖以多能为圣也。

③纵，犹肆也，言不为限量也。将，殆也，谦若不敢知之辞。圣无不通，多能乃其余事，故言"又"以兼之。

④言由少贱故多能，而所能者鄙事尔，非以圣而无不通也。且多能非所以率人，故又言君子不必多能以晓之。

⑤牢，孔子弟子，姓琴，字子开，一字子张。

⑥试，用也。言由不为世用，故得以习于艺而通之。吴氏曰："弟子记夫子此言之时，子牢因言昔之所闻有如此者。其意相近，故并记之。"

【译文】

太宰向子贡问道："孔老先生是位圣人吗？为何有那样

多技能呢？”子贡说：“这本是上天要让他成为圣人，又使他有很多技能。”孔子听了这话，说：“太宰了解我吗？我小时生活穷苦，因此学会了很多鄙贱的技能。真正的君子有必要掌握那么多技能吗？不必要。”

牢说：“孔子说过，‘我因为没有被国家任用，所以学会一些技艺’。”

【原文】

子曰：“吾有知乎哉？无知也。有鄙夫问于我，空空如也，我叩①其两端而竭焉。”②

【注释】

①叩，音寇，询问也。

②孔子谦言己无知识，但其告人，虽于至愚，不敢不尽耳。两端，犹言两头。言终始、本末、上下、精粗，无所不尽。程子曰：“圣人之教人，俯就之若此，犹恐众人以为高远而不亲也。圣人之道，必降而自卑，不如此则人不亲。贤人之言，则引而自高，不如此则道不尊。观于孔子、孟子，则可见矣。”尹氏曰：“圣人之言，上下兼尽。即其近，众人皆可与知；极其至，则虽圣人亦无以加焉。是之谓两端。如答樊迟之问仁、知，两端竭尽，无余蕴矣。若夫语上而遗下，语理而遗物，则岂圣人之言哉？”

【译文】

孔子说："我有知识吗？没有知识。有个乡下的农民问我，对他的所问我本来一点也不知道，但我把那个问题的正反两面仔细盘问后，尽力向他说明白。"

【原文】

子曰："凤鸟不至，河不出图①，吾已矣夫②！"

【注释】

①凤，灵鸟，舜时来仪，文王时鸣于岐山。河图，河中龙马负图，伏羲时出。皆圣王之瑞也。

②已，止也。夫，音扶。张子曰："凤至图出，文明之祥。伏羲、舜、文之瑞不至，则夫子之文章，知其已矣。"

【译文】

孔子说："凤鸟不飞来了，黄河中也没有图出现，我这一生可能是完了。"

【原文】

子见齐衰①者、冕衣裳②者与瞽③者，见之，虽少④必作⑤；过之，必趋⑥。

【注释】

①齐，音咨。衰，楚危反。齐衰，丧服。

②冕，冠也。衣，上服。裳，下服。冕而衣裳，贵者之盛服也。

③瞽，无目者。

④少，去声。或曰："少，当作坐。"

⑤作，起也。

⑥趋，疾行也。范氏曰："圣人之心，哀有丧，尊有爵，矜不成人。其作与趋，盖有不期然而然者。"尹氏曰："此圣人之诚心，内外一者也。"

【译文】

孔子看见穿丧服的人、戴礼帽穿礼服的人和盲人。相见时，他们虽然年轻，孔子也一定站起来；走过这些人面前时，也一定要快步走。

【原文】

颜渊喟①然叹曰："仰之弥高，钻之弥坚；瞻之在前，忽焉在后②。夫子循循然善诱人，博我以文，约我以礼③。欲罢不能，既竭吾才，如有所立卓尔。虽欲从之，末由也已④。"

【注释】

①喟，苦位反，叹声。

②钻，祖官反。仰弥高，不可及。钻弥坚，不可入。在前在后，恍惚不可为象。此颜渊深知夫子之道无穷尽、无方体，而叹之也。

③循循，有次序貌。诱，引进也。博文、约礼，教之序也。言夫子道虽高妙，而教人有序也。侯氏曰："博我以文，致知格物也。约我以礼，克己复礼也。"程子曰："此颜子称圣人最切当处。圣人教人，惟此二事而已。"

④卓，立貌。末，无也。此颜子自言其学之所至也。盖悦之深而力之尽，所见益亲，而又无所用其力也。吴氏曰："所谓卓尔，亦在乎日用行事之间，非所谓窈冥昏默者。"程子曰："自可欲之谓善，充而至于大，力行之积也。大而化之，则非力行所及矣，此颜子所以未达一间也。"程子曰："此颜子所以为深知孔子而善学之者也。"胡氏曰："无上事而喟然叹，此颜子学既有得，故述其先难之故、后得之由，而归功于圣人也。高、坚、前、后，语道体也。仰、钻、瞻、忽，未领其要也。惟夫子循循善诱，先博我以文，使我知古今，达事变；然后约我以礼，使我尊所闻，行所知。如行者之赴家，食者之求饱，是以欲罢而不能，尽心尽力，不少休废。然后见夫子所立之卓然，虽欲从之，末由也已。是盖不怠所从，必求至乎卓立之地也。抑斯叹也，其在'请事斯语'之后，'三月不违'之时乎？"

【译文】

颜渊感叹道："老师的学识，抬头仰望，越觉得高；越努力钻研，越觉得深。看着好像在前面，忽然又好像在后

访乐苌弘

面。老师善于有次序地诱导我，用各种文献来丰富我的知识，又用一定的礼节来约束我的行为，使我想停止学习都不可能。我已经用尽了我的才力，似乎这学识就立在我的面前。到了这个地步，虽然想再前进一步，却不知怎么办了。"

【原文】

子疾病。子路使门人为臣[1]。病间[2]，曰："久矣哉，由之行诈也！无臣而为有臣，吾谁欺？欺天乎[3]？且予与其死于臣之手也，无宁死于二三子之手乎？且予纵不得大葬，予死于道路乎？[4]"

【注释】

①夫子时已去位，无家臣。子路欲以家臣治其丧，其意

实尊圣人，而未知所以尊也。

②间，如字。病间，少差也。

③病时不知，既差乃知其事，故言我之不当有家臣，人皆知之，不可欺也。而为有臣，则是欺天而已。人而欺天，莫大之罪。引以自归，其责子路深矣。

④无宁，宁也。大葬，谓君臣礼葬。死于道路，谓弃而不葬。又晓之以不必然之故。范氏曰："曾子将死，起而易箦，曰：'吾得正而毙焉，斯已矣。'子路欲尊夫子，而不知无臣之不可为有臣，是以陷于行诈，罪至欺天。君子之于言动，虽微不可不谨。夫子深惩子路，所以警学者也。"杨氏曰："非知至而意诚，则用智自私，不知行其所无事，往往自陷于行诈欺天而莫之知也：其子路之谓乎？"

【译文】

孔子病重，子路让孔子的门徒作孔子的家臣，负责料理后事。后来孔子的病渐渐好转，便说："仲由干这种弄虚作假的事太长久了呀！我本无家臣，却硬要装作有家臣。我欺骗谁呢？欺骗上天吗？而且我与其在家臣的料理下死去，不如在你们这些学生的照料下死去，不是好些吗？我即使不能用隆重的葬礼来安葬，难道会死在道路上吗？"

【原文】

子贡曰："有美玉于斯，韫椟而藏诸？求善贾而沽诸？"①

子曰："沽之哉！沽之哉！我待贾者也。" [2]

【注释】

[1]韫，纡粉反，藏也。椟，徒木反，匮也。贾，音嫁。沽，卖也。子贡以孔子有道不仕，故设此二端以问也。

[2]孔子言固当卖之，但当待贾，而不当求之耳。范氏曰："君子未尝不欲仕也，又恶不由其道。士之待礼，犹玉之待贾也。若伊尹之耕于野，伯夷、太公之居于海滨，世无成汤、文王，则终焉而已，必不枉道以从人，衒玉而求售也。"

【译文】

子贡说："这里有一块美玉，把它收藏在木匣里呢，还是找一位识货的商人卖掉呢？"孔子说："卖掉！卖掉！我也是在等待识货的商人啊！"

【原文】

子欲居九夷[1]。或曰："陋，如之何？"子曰："君子居之，何陋之有？[2]"

【注释】

[1]东方之夷有九种。欲居之者，亦"乘桴浮海"之意。
[2]君子所居则化，何陋之有？

【译文】

孔子想到九夷去居住。有人说："那里非常简陋、落后，怎么住呢？"孔子说："有君子去住，还有什么简陋、落后的呢？"

【原文】

子曰："吾自卫反鲁，然后乐正，《雅》、《颂》各得其所。"①

【注释】

①鲁哀公十一年冬，孔子自卫反鲁。是时周礼在鲁，然《诗》、乐亦颇残阙失次。孔子周流四方，参互考订，以知其说。晚知道终不行，故归而正之。

【译文】

孔子说："我自卫国回到鲁国，才整理好音乐的篇章，使《雅》归《雅》《颂》归《颂》，各自有适当的位置。"

【原文】

子曰："出则事公卿，入则事父兄，丧事不敢不勉，不为酒困，何有于我哉①？"

【注释】

①说见第七篇，然此则其事愈卑而意愈切矣。

【译文】

孔子说："出外就侍奉公卿，在家就侍奉父亲和兄长，有丧事不能不尽力而行，不因为饮酒过量而失态，这些事我都做到了哪些呢？"

【原文】

子在川上，曰："逝者如斯夫！不舍昼夜。"①

【注释】

①夫，音扶。舍，上声。天地之化，往者过，来者续，无一息之停，乃道体之本然也。然其可指而易见者，莫如川流。故于此发以示人，欲学者时时省察，而无毫发之间断也。程子曰："此道体也。天运而不已，日往则月来，寒往则暑来，水流而不息，物生而不穷，皆与道为体，运乎昼夜，未尝已也。是以君子法之，自强不息。及其至也，纯亦不已焉。"又曰："自汉以来，儒者皆不识此义。此见圣人之心，纯亦不已也。纯亦不已，乃天德也。有天德，便可语王道，其要只在谨独。"愚按：自此至终篇，皆勉人进学不已之辞。

【译文】

孔子在河边，叹惜地说："逝去的时光就好像这河水一样，日夜不停地流去。"

【原文】

子曰："吾未见好德如好色者也。"①

【注释】

①好，去声。谢氏曰："好好色，恶恶臭，诚也。好德如好色，斯诚好德矣，然民鲜能之。"《史记》："孔子居卫，灵公与夫同车，使孔子为次乘，招摇市过之。"孔子丑之，故有是言。

【译文】

孔子说："我没有见过像喜爱女色那样喜爱道德的人。"

【原文】

子曰："譬如为山，未成一篑①，止，吾止也。譬如平地，虽覆②一蒉，进，吾往也。"③

【注释】

①篑，求位反，土笼也。

②覆，芳服反。

③《书》曰："为山九仞，功亏一篑。"夫子之言，盖出于此。言山成而但少一篑，其止者，吾自止耳；平地而方覆一篑，其进者，吾自往耳。盖学者自强不息，则积少成多；中道而止，则前功尽弃。其止其往，皆在我而不在人也。

【译文】

孔子说："好比用土堆山，只差一筐土就堆成了，如果停下来，那是我自己停下来。好比用土平地，即使刚刚倒下一筐土，如果前进，那是我自己要前进的。"

【原文】

子曰："语之而不惰者，其回也与！①"

【注释】

①语，去声。告诉。惰，懈怠也。与，阴平。范氏曰："颜子闻夫子之言，而心解力行，造次、颠沛未尝违之。如万物得时雨之润，发荣滋长，何有于惰？此群弟子所不及也。"

【译文】

孔子说："我同他说话而能毫不懈怠用心听的，大概只有颜回吧！"

【原文】

子谓颜渊，曰："惜乎！吾见其进也，未见其止也。"①

【注释】

①进、止二字，说见上章。颜子既死而孔子惜之，言其方进而未已也。

【译文】

孔子谈到颜渊时说："这个人死得可惜呀！我看见他不断进步，没有看见他停止过。"

【原文】

子曰："苗而不秀者有矣夫！秀而不实者有矣夫！"①

【注释】

①夫，音扶。谷之始生曰苗，吐华曰秀，成谷曰实。盖学而不至于成，有如此者，是以君子贵自勉也。

【译文】

孔子说："庄稼出苗而不开花是有的罢！开花而不结实也是有的罢！"

【原文】

子曰：“后生可畏，焉知^①来者之不如今也？四十、五十而无闻焉，斯亦不足畏也已。”^②

【注释】

①“焉知”之焉，於虔反。

②孔子言后生年富力强，足以积学而有待，其势可畏，安知其将来不如我之今日乎？然或不能自勉，至于老而无闻，则不足畏矣。言此以警人，使及时勉学也。曾子曰：“五十而不以善闻，则不闻矣。”盖述此意。尹氏曰：“少而不勉，老而无闻，则亦已矣。自少而进者，安知其不至于极乎？是可畏也。”

在川观水

【译文】

孔子说："年轻人是可怕的，怎么知道他们将来不如现在我们这一辈呢？如果一个人到了四五十岁仍然默默无闻，也就不值得惧怕了。"

【原文】

子曰："法语①之言，能无从乎？改之为贵。巽与之言②，能无说乎？绎③之为贵。说而不绎，从而不改，吾末如之何也已矣。④"

【注释】

①法语者，正言之也。

②巽言者，婉而导之也。

③绎，寻其绪也。

④法言人所敬惮，故必从；然不改，则面从而已。巽言无所乖忤，故必说；然不绎，则又不足以知其微意之所在也。杨氏曰："法言，若孟子论行王政之类是也。巽言。若其论好货、好色之类是也。语之而不达，拒之而不受，犹之可也。其或喻焉，则尚庶几其能改、绎矣。从且说矣，而不改、绎焉，则是终不改、绎也已，虽圣人其如之何哉？"

【译文】

孔子说："合乎正道的话，能够不听从吗？但听从之后要改正错误才可贵。谦恭顺耳的话，听了能够不高兴吗？但要对这些话分析鉴别才可贵。只高兴而不分析鉴别，只听从而不改正错误，对这种人我实在没有办法啊。”

【原文】

子曰：“主忠信，毋友不如己者，过则勿惮改。”①

【注释】

①重出而逸其半。

【译文】

孔子说：“立足以忠信，不结交不如自己的朋友，有了过错就不要怕改正。”

【原文】

子曰：“三军可夺帅也，匹夫不可夺志也。”①

【注释】

①侯氏曰：“三军之勇在人，匹夫之志在己。故帅可夺而志不可夺；如可夺，则亦不足谓之志矣。”

【译文】

孔子说：“三军的主帅可以剥夺，但一个普通百姓的志向却不能强迫改变。”

【原文】

子曰：“衣敝缊袍^①，与衣狐貉^②者立，而下耻者，其由也与^③？‘不忮不求，何用不臧？’^④”子路终身诵之。子曰：“是道也，何足以臧？”^⑤

【注释】

①衣，去声。敝，坏也。缊，纡粉反，枲著也。袍，衣有著者也，盖衣之贱者。

②貉，胡各反。狐貉，以狐貉之皮为裘，衣之贵者。

③与，阴平。子路之志如此，则能不以贫富动其心，而可以进于道矣，故夫子称之。

④忮，之义反，害也。求，贪也。臧，善也。言能不忮不求，则何为不善乎？此《卫风·雄雉》之诗，孔子引之，以美子路也。吕氏曰：“贫与富交，强者心忮，弱者必求。”

⑤终身诵之，则自喜其能，而不复求进于道矣，故夫子复言此以警之。谢氏曰：“耻恶衣恶食，学者之大病。善心不存，盖由于此。子路之志如此，其过人远矣。然以众人而能此，则可以为善矣；子路之贤，宜不止此。而终身诵之，则非所以进于日新也，故激而进之。”

【译文】

孔子说：“穿着破旧的棉袍，和穿着狐貉皮袍的人站在一起，而不觉得惭愧的，恐怕只有仲由吧？这正如《诗经》中所说的：'不嫉妒，不贪求，用到那里有什么不好呢？'"子路听了，经常背诵这首诗，终生不忘。孔子又说："这样的道理，怎么能够不足以好起来呢？"

【原文】

子曰："岁寒，然后知松柏之后雕也。"①

【注释】

①范氏曰："小人之在治世，或与君子无异。惟临利害、遇事变，然后君子之所守可见也。"谢氏曰："士穷见节义，世乱识忠臣。欲学者必周于德。"

【译文】

孔子说："到了天寒地冻的季节，才知道松树和柏树是最后落叶的。"

【原文】

子曰："知者不惑，仁者不忧，勇者不惧。"①

【注释】

①明足以烛理，故不惑；理足以胜私，故不忧；气足以

配道义，故不惧。此学之序也。

【译文】

孔子说："聪明的人不会疑惑，仁德的人没有忧愁，勇敢的人无所畏惧。"

【原文】

子曰："可与①共学，未可与适道；可与适道，未可与立；可与立，未可与权。"②

【注释】

①可与者，言其可与共为此事也。

②程子曰："可与共学，知所以求之也。可与适道，知所往也。可与立者，笃志固执而不变也。权，称锤也，所以称物而知轻重者也。可与权，谓能权轻重，使合义也。"杨氏曰"知为己，则可与共学矣。学足以明善，然后可与适道。信道笃，然后可与立。知时措之宜，然后可与权。"洪氏曰："《易》九卦，终于《巽》以行权。权者，圣人之大用。未能立而言权，犹人未能立而欲行，鲜不仆矣。"程子曰："汉儒以反经合道为权，故有'权变''权术'之论，术皆非也。权只是经也。自汉以下，无人识权字。"愚按：先儒误以此章连下文"偏其反而"为一章，故有反经合道之说。程子非之，是矣。然以《孟子》"嫂溺，援之以手"之

义推之，则权与经亦当有辨。

【译文】

孔子说："可以在一起学习的人，不一定可以和他一起达到崇高的道德境界；可以和他一起达到崇高道德境界的人，也不一定可以和他一起坚守仁义道德；能够和他一起坚守仁义道德的人，也不一定能够和他一样通权达变。"

【原文】

"唐棣①之华，偏其反而②。岂不尔思？室是远而。③"子曰："未之思也。夫④何远之有？"⑤

【注释】

①棣，大计反。唐棣，郁李也。

②偏，《晋书》作翩。然则反亦当与翻同，言华之摇动也。而，语助也。

③此逸诗也，于六义属兴。上两句无意义，但以起下两句之辞耳。其所谓"尔"，亦不知其何所指也。

④夫，音扶。

⑤夫子借其言而反之，盖前篇"仁远乎哉"之意。程子曰："圣人未尝言易以骄人之志，亦未尝言难以阻人之进。但曰：'未之思也，夫何远之有？'此言极有涵蓄，意思深远。"

【译文】

　　古诗上说："唐棣开花，先开后合，像白浪一样随风翻滚。难道我不想念你？只是住处相隔遥远。"孔子说："我看是没有想念的，如果真想念的话，哪里还会觉得距离遥远呢？"

乡党第十

【原文】

　　孔子于乡党，恂恂如也，似不能言者①。其在宗庙朝②廷，便便③言，唯谨尔。④

观器论道

【注释】

①恂，相伦反。恂恂，信实之貌。似不能言者，谦卑逊顺，不以贤知先人也。乡党，父兄宗族之所在，故孔子居之，其容貌辞气如此。

②朝，直遥反，下同。

③便，旁连反。便便，辩也。

④宗庙，礼法之所在。朝廷，政事之所出。言不可以不明辩，故必详问而极言之，但谨而不放尔。此一节，记孔子在乡党、宗庙、朝廷言貌之不同。

【译文】

孔子在乡里很恭顺，好像是个不会说话的人；在宗庙、朝堂则明白流畅地言谈，只是谨慎罢了。

【原文】

朝，与下大夫言，侃侃如也；与上大夫言，誾誾如也。①君在，踧踖如也，与与如也。②

【注释】

①此君未视朝时也。《王制》：诸侯上大夫卿，下大夫五人。侃，空旱反。许氏《说文》："侃侃，刚直也。"

②君在，视朝也。踧，子六反。踖，子亦反。踧踖，恭敬不宁之貌。与，平声，或如字。与与，威仪中适之貌。张子曰："与与，不忘向君也。"亦通。此一节，记孔子在朝廷事上接下之不同也。

【译文】

上朝时，与下大夫交谈，安详从容；与上大夫交谈，温和正直。国君临朝，恭敬小心，仪态得体。

【原文】

君召使摈①，色勃如也，足，躩如也②。揖所与立，左右手③。衣前后，襜④如也。趋进，翼如也⑤。宾退，必复命曰："宾不顾矣。"⑥

【注释】

①摈，必刃反，主国之君所使出接宾者。

②勃，变色貌。躩，居缚反，疾行貌。皆敬君命故也。

③所与立，谓同为摈者也。摈用命数之半，如上公九命，则用五人，以次传命。揖左人，则左其手；揖右人，则右其手。

④襜，处占反，整貌。

⑤疾趋而进，张拱端好，如鸟舒翼。

⑥纡君敬也。此一节，记孔子为君摈相之容。

【译文】

被国君召去接待贵宾，神色立即庄重起来，毫不懈怠地按礼仪走步。向同站在一起的人作揖时，分别向左右拱手，衣服前后整齐。快步前进时，如同鸟儿展翅。贵宾告退，必定回报国君说："宾客不再回头看了。"

【原文】

入（公）门，鞠躬如也，如不容①。立不中门，行不履阈②。过位，色勃如也，足，躩如也，其言似不足者③。摄齐升堂，鞠躬如也，屏气似不息者④。出，降一等⑤，逞颜色⑥，怡怡⑦如也。没阶⑧，趋⑨，翼如也，复其位，踧踖如也。⑩

【注释】

①鞠躬，曲身也。公门高大而若不容，敬之至也。

②中门，中门谓枨闑之中央也。谓当枨闑之间，君出入处也。阈（音玉），门槛也。礼：士大夫出入君门，由闑右，不践阈。谢氏曰："立中门则当尊，行履阈则不恪。"

③位，君之虚位。谓门屏之间，人君宁立之处，所谓伫也。君虽不在，过之必敬，不敢以虚位而慢之也。言似不足，不敢肆也。

④摄，抠也。齐，音咨，衣下缝也。礼：将升堂，两手抠衣，使去地尺，恐蹑之而倾跌失容也。屏，藏也。息，鼻

息出入者也。近至尊，气容肃也。

⑤等，阶之级也。

⑥逞，放也。渐远所尊，舒气解颜。

⑦怡怡，和悦也。

⑧没阶，下尽阶也。

⑨趋，走就位也。陆氏曰："'趋'下本无'进'字。俗本有之，误也。"

⑩复位踧踖，敬之余也。此一节，记孔子在朝之容。

【译文】

进入朝堂的大门时，像鞠躬似地弯下身来，如同不能容身一样。站立不挡在门中间，行走不踩着门槛。

经过国君席位时，神色立即庄重起来，毫不懈怠地按礼仪走步，说话像是气力不足似的。

提起衣襟走上朝堂时，像鞠躬似地弯下身来，屏住气像是停止呼吸似的。退出来时，走下一级台阶，放松了神态，和颜悦色；走完了台阶便快步前进，如同鸟儿展翅一般；回到自己的位置，依然恭敬小心。

【原文】

执圭①，鞠躬如也，如不胜②。上如揖，下如授③。勃如战色④，足蹜蹜⑤，如有循⑥。享礼⑦，有容色⑧。私觌，愉愉如也。⑨

【注释】

①圭，诸侯命圭。聘问邻国，则使大夫执以通信。

②胜，阴平。'如不胜'，执主器，执轻如不克，敬谨之至也。

③上如揖，下如授，谓执圭平衡，手与心齐，高不过揖，卑不过授也。

④战色，战而色惧也。

⑤蹜，色六反。蹜蹜，举足促狭也。

⑥如有循，《记》所谓举前曳踵，言行不离也，如缘物也。

⑦享，献也。既聘而享，用圭璧，有庭实。

⑧有容色，和也。《仪礼》曰："发气满容。"

⑨私觌，以私礼见也。愉愉，则又和矣。此一节，记孔子为君聘于邻国之礼也。晁氏曰："孔子，定公九年仕鲁，至十三年适齐，其间绝无朝聘往来之事。疑'使摈''执圭'两条，但孔子尝言其礼当如此尔。"

【译文】

手执玉圭时，像鞠躬似地弯下身来，如同拿不动一样。上举时如同作揖，降下时如同授物。立即显出谨慎小心的神色，脚步急促，似乎沿着什么行走一样。

献礼物时，仪容和悦。

以私人身份拜见时，轻松愉快。

【原文】

君子①不以绀緅饰②。红紫不以为亵服③。当暑，袗绤绤④，必表而出之⑤。缁衣羔裘⑥，素衣麑裘，黄衣狐裘。亵裘长⑦。短右袂⑧。必有寝衣，长一身有半⑨。狐貉之厚以居⑩。去丧，无所不佩⑪。非帷裳，必杀之⑫。羔裘玄冠不以吊⑬。吉月⑭，必朝服而朝。⑮

【注释】

①君子，谓孔子。

②绀，古暗反，深青扬赤色，衣服也。緅，子侯反，深青透红色。三年之丧，以饰练服也。饰，领缘也。

③红紫，间色不正，且近于妇人女子之服也。亵服，私居服也。言此，则不以为朝祭之服可知。

④袗，单也。葛之精者曰绤，粗者曰绤。

⑤表而出之，谓先著里衣，表绤绤而出之于外，欲其不见体也。《诗》所谓"蒙彼绉绤"是也。

⑥缁，黑色。羔裘，用黑羊皮。麑，鹿子，色白。狐，色黄。衣以裼裘，欲其相称。

⑦长，欲其温。

⑧短右袂，所以便做事。

⑨长，去声。齐主于敬，不可解衣而寝，又不可著明衣而寝，故别有寝衣，其半盖以覆足。程子曰："此错简，当在'齐必有明衣布'之下。"遇谓如此则此条与"明衣""变食"，既得以类相从；而"亵裘""狐貉"，亦得以类相

302

从矣。

⑩狐貉，毛深温厚，私居取其适体。

⑪去，音举，上声。君子无故，玉不去身。觿砺之属，亦皆佩也。

⑫杀，去声。朝祭之服，裳用正幅如帷，腰有襞积，而旁无杀缝。其余若深衣，腰半下，齐倍要，则无襞积而有杀缝矣。

⑬丧主素，吉主玄。吊必变服，所以哀死。

⑭吉月，月朔也。

退修诗书

⑮孔子在鲁致仕时如此。此一节，记孔子衣服之制。苏氏曰：“此孔氏遗书，杂记曲礼，非特孔子事也。”

【译文】

孔子不用青红色和绛色的布做镶边。不用红色和紫色的布做家居服。夏天，必定要把麻布做的单衣套在里衣外面。
天冷时，黑色的外衣套黑羊皮袍；白色外衣套白色小鹿皮袍；
黄色外套黄色狐皮袍。在家穿的皮袍较长，右边的袖子短些。
睡觉要有睡衣，有一身半长，狐貉的皮毛厚实，适合在家穿着。
丧期过后什么东西都可佩带。不是上朝和祭祀时穿的礼服，
一定要剪掉多余的部分。穿羊羔皮袍戴黑色帽子不可以吊丧。
每月初一，一定穿朝服去上朝。

【原文】

齐，必有明衣，布①。齐，必变食②，居必迁坐③。

【注释】

①齐，音摘庄皆反。齐，必沐浴；浴竟，即著明衣，所以明
洁其体也。以布为之。此下脱前章“寝衣”一简。

②变食，谓不饮酒、不茹荤。

③迁坐，易常处也。此一节，记孔子谨齐之事。杨氏
曰：“齐所以交神，故致洁变常以尽敬。”

【译文】

斋戒时，一定要有用布做的浴衣。斋戒时一定要改变平
时的饮食，居处也要改变地方。

【原文】

食不厌精，脍不厌细①。食饐而餲，鱼馁而肉败，不食。

色恶，不食。臭恶，不食。失饪，不食。不时，不食②。割不正，不食③。不得其酱，不食，肉虽多，不使胜食气④。惟酒无量，不及乱⑤。沽酒市脯，不食⑥。不撤姜食⑦，不多食⑧。祭于公，不宿肉⑨。祭肉不出三日。出三日，不食之矣⑩。食不语，寝不言⑪。虽疏食⑫菜羹，瓜⑬祭，必齐如也。⑭

【注释】

①食，音嗣，饭也。精，凿也。牛羊与鱼之腥，聂而切之为脍。食精则能养人，脍粗则能害人。不厌，言以是为善，非谓必欲如是也。

②"食饐"之食，音嗣。饐，於冀反，饭伤热湿也。餲，乌迈反，味变也。鱼烂曰馁。肉腐曰败。色恶、臭恶，未败而色、臭变也。饪，则甚反，烹调生熟之节也。不时，五谷不成、果实未熟之类。此数者皆足以伤人，故不食。

③割肉不方正者不食，造次不离于正也。汉陆续之母，切肉未尝不方，断葱以寸为度，盖其质美，与此暗合也。食肉用酱，各有所宜，不得则不食，恶其不备也。此二者，无害于人，但不以嗜味而苟食耳。

④食，音嗣。食以谷为主，故不使肉胜食气。

⑤量，去声。酒以为人合欢，故不为量，但以醉为节而不及乱耳。程子曰："不及乱者，非惟不使乱志，虽血气亦不可使乱，但浃洽而已可也。"

⑥沽、市，皆买也。恐不精洁，或伤人也。与不尝康子之药同意。

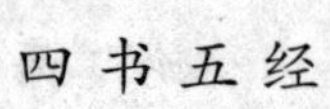

⑦姜，通神明，去秽恶，故不撤。

⑧适可而止，无贪心也。

⑨助祭于公，所得胙肉，归即颁赐。不俟经宿者，不留神惠也。

⑩家之祭肉，则不过三日，皆以分赐。盖过三日，则肉必败，而人不食之，是亵鬼神之余也。但比君所赐胙，可少缓耳。

⑪答述曰语。自言曰言。范氏曰："圣人存心不他，当食而食，当寝而寝，言语非其时也。"杨氏曰："肺为气主而声出焉，寝、食则气窒而不通，语、言恐伤之也。"亦通。

⑫食，音嗣。

⑬陆氏曰："《鲁论》瓜作必。"

⑭古人饮食，每种各出少许，置之豆间之地，以祭先代始为饮食之人，不忘本也。齐，严敬貌。孔子中薄物必祭，其祭必敬，圣人之诚也。此一节，记孔子饮食之节。谢氏曰："圣人饮食如此，非极口腹之欲，盖养气、体不以伤生，当如此。然圣人之所不食，穷口腹者或反食之，欲心胜而不暇择也。"

【译文】

粮食不嫌舂得精，肉不嫌切得细。粮食发臭、变味，鱼肉腐烂变质，都不吃。食物变色，不吃。食物发臭，不吃。烹饪不到火候，不吃。果实谷物没有成熟，不吃。肉切得不方正，不吃。佐料放得不恰当，不吃。席上肉虽多，吃时不能超过饭量。只有酒不限量，但不要喝醉。从集市上买来的酒和肉不吃。每顿饭不离开姜，但要适可而止。

　　参加国家的祭祀所得的祭肉，不留至第二天。家里祭祀用过的肉保存不超过三天，超过三天，就不吃它了。

　　吃饭的时候不交谈，睡觉的时候不说话。

　　即便吃的是粗食、菜汤，也一定要祭一祭，而且必定严肃恭敬。

【原文】

　　席不正，不坐。①

【注释】

　　①谢氏曰："圣人心安于正，故于位之不正者，虽小不处。"

【译文】

　　席子摆得不端正，不去坐。

【原文】

　　乡人饮酒，杖者出，斯出矣①。乡人傩，朝服而立于阼阶。②

【注释】

　　①杖者，老人也。"六十杖于乡。"未出不敢先，既出不

敢后。

②傩：乃多反；所以逐疫，《周礼》方相氏掌之。阼阶，东阶也。傩虽古礼而近于戏，亦必朝服而临之者，无所不用其诚敬也。或曰："恐其惊先祖五祀之神，欲其依己而安也。"此一节，记孔子居乡之事。

【译文】

行乡饮酒礼后，孔子要等老年人离去了，自己才出去。

同乡人迎神驱鬼，孔子要穿上朝服站在东边的台阶上。

【原文】

问人于他邦，再拜而送之①。康子馈药。拜而受之，曰："丘未达，不敢尝。"②

【注释】

①拜送使者，如亲见之，敬也。

②范氏曰："凡赐食，必尝以拜。药未达，则不敢尝。受而不饮，则虚人之赐，故告之如此。然则可饮而饮，不可饮而不饮，皆在其中矣。"杨氏曰："大夫有赐，拜而受之，礼也。未达不敢尝，谨疾也。必告之，直也。"此一节，记孔子与人交之诚意。

【译文】

孔子托人向其他诸侯国的友人问好送礼，一定是向被托付的人拜两次再送行。

季康子送药给孔子，孔子叩拜着接受了药，说："我对这药的性能还不了解，还不敢尝。"

【原文】

厩焚。子退朝，曰："伤人乎？"不问马。①

【注释】

①非不爱马，然恐伤人意多，故未暇问。盖贵人贱畜，理当如此。

【译文】

孔子家的马棚失火烧了。孔子从朝廷回来，问道："伤着人了吗？"却不问马怎么样了。

【原文】

君赐食，必正席先尝之①。君赐腥，必熟而荐之②。君赐生，必畜之③。侍食于君，君祭，先饭④。疾，君视之，东首⑤，加朝服，拖绅⑥。君命召，不俟驾行矣。⑦

【注释】

①食恐或馂余，故不以荐。正席先尝，如对君也。言先

尝，则余当以颁赐矣。

②腥，生肉。熟而荐之祖考，荣君赐也。

③畜之者，仁君之惠，无故不敢杀也。

④饭，扶晚反。《周礼》："王日一举。膳夫授祭品尝食，王乃食。"故侍食者，君祭，则己不祭而先饭，若为君尝食然，不敢当客礼也。

⑤首，去声。东首，以受生气也。

⑥拖，徒我反。病卧不能著衣束带，又不可以亵服见君，故加朝服于身，又引大带于上也。

⑦急趋君命，行出而驾车随之。此一节，记孔子事君之礼。

【译文】

君主赐给的食物，孔子一定要摆正座位先尝它。君主赐给的生肉，一定煮熟了先供奉祖先。君主赐给的活物，一定把它饲养起来。

侍奉国君吃饭，在国君举行饭前祭礼时，自己先尝一尝。

孔子病了，君主来探视他，孔子就面朝东边躺着以示迎接，身上盖着朝服，拖着大带子。

君主有事召见，孔子不等马车准备好，就自己先步行前去。

【原文】

入太庙，每事问。①

【注释】

①重出。

【译文】

孔子进了周公的庙，对每件事情都要询问一番。

【原文】

朋友死，无所归，曰："于我殡。①"朋友之馈，虽车马，非祭肉，不拜。②

【注释】

①朋友以义合，死无所归，不得不殡。

②朋友有通财之义，故虽车马之重，不拜。祭肉则拜者，敬其祖考，同于己亲也。此一节，记孔子交朋友之义。

【译文】

朋友死亡，没有人办丧事，孔子说："就由我来办理他的丧事吧。"

朋友赠送的礼品，虽然是车马这样的重礼，只要不是祭肉，孔子在接受的时候便不行拜礼。

【原文】

寝不尸，居不容①。见齐衰者，虽狎，必变。见冕者与瞽者，虽亵，必以貌②。凶服者，式之。式负版者③。有盛馔，必变色而作④。迅雷风烈，必变。⑤

【注释】

①尸，谓偃卧似死人也。居，居家。容，容仪。范氏曰："寝不尸，非恶其类于死也。惰慢之气不设于身体，虽舒布其四体，而亦未尝肆耳。居不容，非惰也。但不若奉祭祀、见宾客而已，'申申'、'夭夭'是也。"

②狎，谓素亲狎。亵，谓燕见。貌，谓礼貌。余见前篇。

③式，车前横木。有所敬，则俯而凭之。负版，持邦国图籍者。式此二者，哀有丧，重民数也。人惟万物之灵，而王者之所天也，故《周礼》"献民数于王，王拜受之"。况其下者，敢不敬乎？

④敬主人之礼，非以其馔也。

⑤迅，疾也。烈，猛也。必变者，所以敬天之怒。《记》曰："若有疾风、迅雷、甚雨则必变，虽夜必兴，衣服冠而坐。"此一节，记孔子容貌之变。

【译文】

　　孔子看见穿齐衰这种丧服的人，虽然是关系亲近的，也一定改变态度。看见戴礼帽的人和盲人，虽然是一般性的见面，也一定礼貌相待。如果坐着车在路上遇到穿丧服的人，就把身子微向前俯，用手扶住车前的横木。遇见背负着国家图籍的人，也是这样。做客时如果有丰盛的饭菜，也一定改变态度，站立起来表示谢意。遇见迅雷和大风，也一定改变态度。

韦编三绝

【原文】

　　升车，必正立执绥[①]。车中，不内顾，不疾言，不亲指[②]。

【注释】

①绥，挽以上车之索也。范氏曰："正立执绥，则心体无不正，而诚意肃恭矣。盖君子庄敬无所不在，升车则见于此也。"

②内顾，回视也。《礼》曰："顾不过毂。"三者皆失容，则惑人。此一节，记孔子升车之容。

【译文】

孔子上车时，一定先端端正正地站好，然后拉着车上的绳索上车。在车上，不回头看，不马上就说话，不亲手指划。

【原文】

色斯举矣，翔而后集①。曰："山梁雌雉，时哉！时哉！"子路共之。三嗅而作②。

【注释】

①言鸟见人之颜色不善，则飞去，回翔审视而后下止。人之见机而作，审择所处，亦当如此。然此上下，必有阙文矣。

②共，九用反，又居勇反，音宫。嗅，许又反。邢氏曰："梁，桥也。'时哉'，言雉之饮啄得其时。子路不达，以

为时物而共具之。孔子不食，三嗅其气而起。"晁氏曰："《石经》'嗅'作戞，谓雉鸣也。"刘聘君曰："嗅，当作臭，古阒反。张两翅也。见《尔雅》。"遇按："如后两说，则'共'字当为拱执之义。然此必有阙文，不可强为之说。姑记所闻，以俟知者。"

【译文】

〔孔子和子路走在山谷中，看见几只野鸡。〕孔子脸色动了一下，野鸡便飞向天空，盘旋了一阵，便落在一处。孔子说："这些山梁上的母野鸡，得其时呀！得其时呀！"子路向它们拱拱手，〔它们受了惊，〕便叫了几声飞走了。

卷　六

先进第十一

【原文】

子曰："先进于礼乐，野人也；后进于礼乐，君子也①。如用之，则吾从先进②。"

【注释】

①先进、后进，犹言前辈、后辈。野人，谓郊外之民。君子，谓贤士大夫也。程子曰："先进于礼乐，文质得宜，今反谓之质朴，而以为野人。后进之于礼乐，文过其质，今反谓之彬彬，而以为君子。盖周末文胜，故时人之言如此，不自知其过于文也。"

②用之，谓用礼乐。孔子既述时人之言，又自言其如此，盖欲损过以就中也。

【译文】

孔子说："没有世袭特权的一般士人是先学习礼乐，然后做官。享有世袭特权的王公贵族是先取得官位而后学习礼乐。如果要我来选用人才的话，那我就要选用那先学习礼乐而后做官的一般士人。"

【原文】

子曰："从我于陈、蔡者，皆不及门也。[1]"德行[2]：颜渊，闵子骞，冉伯牛，仲弓。言语：宰我，子贡。政事：冉有，季路。文学：子游，子夏。[3]

【注释】

[1]从，阳平。孔子尝厄于陈、蔡之间，弟子多从之者，此时皆不在门。故孔子思之，盖不忘其相从于患难之中也。

[2]行，去声。

[3]弟子因孔子之言，记此十人，而并目其所长，分为四科。孔子教人各因其材，于此可见。程子曰："四科乃从夫子于陈、蔡者尔，门人之贤者固不止此。曾子传道而不与焉，故知'十哲'世俗论也。"

【译文】

孔子说："跟随我在陈、蔡忍受饥饿的人，现在都不在我这里了。”

孔子的学生各有所长，德行好的有：颜渊，闵子骞，冉伯牛，仲弓。擅于言辞的有：宰我，子贡。长于政治活动的有：冉有，季路。熟悉古代文献的有：子游，子夏。

【原文】

子曰：“回也非助我者也，于吾言无所不说。”

子曰：“孝哉闵子骞！人不间于其父母昆弟之言。”①

【注释】

①助我，若子夏之"起予"，因疑问而有以相长也。说，音悦。颜子于圣人之言，默识心通，无所疑问。故夫子云然，其辞若有憾焉，其实乃深喜之。胡氏曰："夫子之于回，岂真以'助我'望之？盖圣人之谦德，又以深赞颜子云尔。"

【译文】

孔子说："颜回对我不是有帮助的人，他对于我说的话没有不心悦诚服的。"

孔子说："闵子骞真孝顺呀！人们对他的父母兄弟夸奖他的话无有什么疑义。"

【原文】

南容三复"白圭"，孔子以其兄之子妻之。①

【注释】

①三、妻，并去声。《诗·大雅·抑》之篇曰："白圭之玷，尚可磨也；斯言之玷，不可为也。"南容一日三复此言，事见《家语》，盖深有意于谨言也。此邦有道所以不废，邦无道所以免祸，故孔子以兄子妻之。范氏曰："言者行之表，行者言之实，未有易其言而能谨于行者。南容欲谨其言如此，则必能谨其行矣。"

【译文】

南容一遍又一遍地诵读"白圭之玷，尚可磨也；斯言之玷，不可为也"，孔子便把侄女嫁给了他。

【原文】

季康子问："弟子孰为好[1]学？"孔子对曰："有颜回者好学，不幸短命死矣！今也则亡。"[2]

【注释】

①好，去声。

②范氏曰："哀公、康子问同而对有详略者；臣之告君，不可不尽。若康子者，必待其能问乃告之，此教诲之道之。"

【译文】

季康子问道："你的学生中谁最好学？"孔子回答说：

“有个叫颜回的最好学，不幸夭折了，现在可没有这样的人。”

【原文】

颜渊死，颜路①请子之车以为之椁②。子曰："才不才，亦各言其子也。鲤也死③，有棺而无椁，吾不徒行以为之椁。以吾从大夫之后，不可徒行也。④"

【注释】

①颜路，渊之父，名无繇。少孔子六岁，孔子始教而受学焉。

②椁，外棺也。请为椁，欲卖车以买椁也。

③鲤，孔子之子伯鱼也，先孔子卒。言鲤之才虽不及颜渊，然己与颜路以父视之，则皆子也。

④孔子时已致仕，尚从大夫之列。言"后"，谦辞。胡氏曰："孔子遇旧馆人之丧，尝脱骖以赙之矣。今乃不许颜路之请，何邪？葬可以无椁，骖可以脱而复求，大夫可以徒行，命车不可以与人而鬻诸市也。且为所识穷乏者得我，而勉强以副其意，岂诚心与直道哉？或者以为君子行礼，视吾之有无而已。夫君子之用财，视义之可否，岂独视有无而已哉？"

【译文】

颜渊死了，他父亲颜路请求孔子把坐车卖了，给颜渊做

舞雩从游

一个外椁。孔子说："不管有才能还是没才能，也都是各自的儿子。我的儿子鲤死了，只有棺没有椁。我不能（卖了坐车）步行来替他弄一个椁。因为我还属于大夫之列，是不能步行的。"

【原文】

颜渊死。子曰："噫①！天丧予②！天丧予！"

【注释】

①噫，伤痛声。

②丧，去声。悼道无传，若天丧己也。

【译文】

颜渊死了。孔子说："唉！老天要我的命呀！老天要我的命呀！”

【原文】

颜渊死，子哭之恸①。从②者曰：“子恸矣。”曰：“有恸乎③？非夫人之为恸而谁为！④”

【注释】

①恸，哀过也。

②从，阳平。

③哀伤之至，不自知也。

④夫，音扶。为，去声。夫人，谓颜渊。言其死可惜，哭之宜恸，非他人之比也。胡氏曰：“痛惜之至，施当其可，皆情性之正也。”

【译文】

颜渊死了，孔子哭得十分伤心。跟随的人说：“您太伤心了！”孔子说：“太伤心了吗？我不为这个人伤心又为谁伤心呢？”

【原文】

颜渊死，门人欲厚葬之。子曰：“不可。①”门人厚葬之②。子曰：“回也视予犹父也，予不得视犹子也。非我也，夫二三子也。"③

【注释】

①丧具称家之有无。贫而厚葬，不循理也，故夫子止之。

②盖颜路听之。

③叹不得如葬鲤之得宜，以责门人也。

【译文】

颜渊死了，孔子的学生们要隆重地为他下葬。孔子说："不可。"学生们最终隆重地为他下了葬。孔子说："回呀，你把我当父亲看待，这次我却无法把你当儿子看待，不是我要这样做，是这些学生要这样做。"

【原文】

季路问事鬼神。子曰："未能事人，焉能事鬼？""敢问死。"曰："未知生，焉知死？"①

【注释】

①焉，於虔反。问事鬼神，盖求所以奉祭祀之意。而死者人之所必有，不可不知。皆切问也。然非诚敬足以事人，则必不能事神；非原始而知所以生，则必不能反终而知所以死。盖幽明始终，初无二理，但学之有序，不可躐等，故夫

子告之如此。程子曰："昼夜者，死生之道也。知生之道，则知死之道；尽事人之道，则尽事鬼之道。死、生、人、鬼，一而二，二而一者也。或言夫子不告子路，不知此乃所以深告之也。"

【译文】

子路问如何侍奉鬼神。孔子说："活人尚不能侍奉好，哪能去侍奉死鬼？"子路又说："胆敢问死是怎么回事。"孔子说："生都弄不清楚，又怎能知道死呢？"

【原文】

闵子侍侧，訚訚如也；子路，行行[1]如也；冉有、子贡，侃侃[2]如也。子乐[3]。"若由也，不得其死然。"[4]

【注释】

①行，胡浪反。行行，刚强之貌。

②鲜、侃，音义见前篇。

③乐，音洛。子乐者，乐得英才而教育之。

④尹氏曰："子路刚强，有不得其死之理，故因以戒之。其后子路卒死于卫孔悝之难。"洪氏曰："《汉书》引此句，上有'曰'字。或云：上文'乐'字，即'曰'字之误。"

【译文】

闵子骞侍立孔子身边，恭敬正直的样子；子路，刚强的样子；冉有、子贡，温和而愉快的样子。孔子高兴起来，但说了一句："仲由啊，恐怕不得善终。"

【原文】

鲁人为长府[①]。闵子骞曰："仍旧贯，如之何？何必改作？[②]"子曰："夫人不言，言必有中。"[③]

【注释】

①长府，藏名。藏货财曰府。为，盖改作之。

②仍，因也。贯，事也。王氏曰："改作，劳民伤财。在于得已，则不如仍旧贯之善。"

③夫，音扶。中，去声。言不妄发，发必当理，惟有德者能之。

【译文】

鲁国翻修长府。闵子骞说："照老样子行不行？何必一定要翻修呢？"孔子说："这人平时不怎么说话，一说就必定中肯。"

【原文】

子曰："由之瑟，奚为于丘之门？[①]"门人不敬子路。子曰："由也升堂矣，未入于室也。"[②]

【注释】

①程子曰："言其声之不和，与己不同也。"《家语》云："子路鼓瑟，有北鄙杀伐之声。"盖其气质刚勇，而不足于中和，故其发于声音如此。

②门人以夫子之言，遂不敬子路，故夫子释之。升堂、入室，喻入道之次第。言子路之学，已造乎正大高明之域，特未深入精微之奥耳，未可以一事之失而遽忽之也。

【译文】

孔子说："仲由拿着瑟，为什么到我家来弹呢？"孔子的学生因此看不起子路。孔子又说："由啊，他的学问可以说已经升堂了，只是还没有入室。"

【原文】

子贡问："师与商也孰贤？"子曰："师也过①，商也不及②。"曰："然则师愈与？③"子曰："过犹不及。"④

【注释】

①子张才高意广，而好为苟难，故常过中。

②子夏笃信谨守，而规模狭隘，故常不及。

③愈，犹胜也。与，阴平。

④道以中庸为至。贤知之过，虽若胜于愚不肖之不及，

然其失中则一也。尹氏曰："中庸之为德也，其至矣乎！夫过与不及，均也。差之毫厘，谬以千里。故圣人之教，抑其过，引其不及，归于中道而已。"

【译文】

子贡问道："颛孙师与卜商，谁强一些呢？"孔子说："颛孙师有些过分，卜商有些不及。"子贡又说："那么颛孙师要强一些吗？"孔子说："过分和不及同样是不行的。"

【原文】

季氏富于周公，而求也为之聚敛而附益之[①]。子曰："非吾徒也。小人鸣鼓而攻之可也！"[②]

【注释】

①为，去声。周公以王室至亲，有大功，位冢宰，其富宜矣。季氏以诸侯之卿，而富过之，非攘夺其君、刻剥其民，何以得此？冉有为季氏宰，又为之急赋税以益其富。

②"非吾徒"，绝之也。"小子鸣鼓而攻之"，使门人声其罪以责之也。圣人之恶党恶而害民也如此。然师严而友亲，故已绝之，而犹使门人正之，又见其爱人之无已也。范氏曰：冉有以政事之才，施于季氏，故为不善至于如此。由其心术不明，不能反求诸身，而以仕为急故也。

【译文】

季氏比周公还富有，为他担任家臣的冉求却帮他搜刮以增加财富。孔子说："冉求不是我们的人。你们可以大张旗鼓去声讨他。"

【原文】

柴也愚[1]，参也鲁[2]，师也辟[3]，由也喭。[4]

【注释】

[1]柴，孔子弟子，姓高，字子羔。愚者，知不足而厚有余。《家语》记其"足不履影，启蛰不杀，方长不折。执亲之丧，泣血三年，未尝见齿。避难而行，不径不窦"，可以见其为人矣。

[2]鲁，钝也。程子曰："参也竟以鲁得之！"又曰："曾子之学，诚笃而已。圣门学者，聪明才辩不为不多，而卒传其道，乃质鲁之人尔，故学以诚实为贵也。"尹氏曰："曾子之才鲁，故其学也确，所以能深造乎道也。"

[3]辟，婢亦反，便辟也。谓习于容止，少诚实也。

[4]喭，五旦反，粗俗也。传称喭者，谓俗论也。杨氏曰："四者性之偏，语之使知自励也。"吴氏曰："此章之首，脱'子曰'二字。或疑下章'子曰'当在此章之首，而通为一章。"

【译文】

高柴愚笨，曾参迟钝，颛孙师偏激，仲由粗鲁。

【原文】

子曰："回也其庶乎！屡空①。赐不受命，而货殖焉，亿则屡中。②"

【注释】

①庶，近也，言近道也。屡空，数至空匮也。不以贫窭动心而求富，故屡至于空匮也。言其近道，又能安贫也。

②命，谓天命。货殖，货财生殖也。亿，意度也。中，去声。言子贡不如颜子之安贫乐道，然其才识之明，亦能料事而多中也。程子曰："子贡之货殖，非若后人之丰财，但此心未忘耳。然引亦子贡少时事，至闻性与天道，则不为此矣。"范氏曰："屡空者，箪食瓢饮屡绝而不改其乐也。天下之物，岂有可动其中者哉？贫富在天，而子贡以货殖为心，则是不能安受天命矣。其言而多中者，亿而已，非穷理乐天者也。天子尝曰：'赐不幸言而中，是使赐多言也。'圣人之不贵言也如是。"

【译文】

孔子说："颜回的修养算是可以了吧？却常常穷困不堪。

步游洙泗

端木赐不安于命运而去囤积贩卖，但猜测生意行情却每每成功。"

【原文】

子张问善人[1]之道。子曰："不践迹，亦不入于室。"[2]

【注释】

①善人，质美而未学者也。

②程子曰："践迹，如言循途守辙。善人虽不必践旧迹而自不为恶，然亦不能入圣人之至也。"张子曰："善人，欲仁而未志于学者也。欲仁，故虽不践成法，亦不蹈于恶，有诸己也。由不学，故无自而入圣人之室也。"

【译文】

子张询问善人是怎么样的。孔子说："不踩着别人的脚印走，学问道德也难以到家。"

【原文】

子曰："论笃是与①，君子者乎？色庄者乎？"②

【注释】

①与，如字。

②言但以其言论笃实而与之，则未知其为君子者乎？为色庄者乎？言不可以言貌取人也。

【译文】

孔子说："赞许言论笃实的人，但要区分他是真正的君子呢，还是只是外表庄重的人呢？"

【原文】

子路问："闻斯行诸？"子曰："有父兄在，如之何其闻斯行之？"冉有问："闻斯行诸？"子曰："闻斯行之。"公西华曰："由也问'闻斯行诸'，子曰'有父兄在'；求也问'闻斯行诸'，子曰'闻斯行之'。赤也惑，敢问。"子曰：

"求而退，故进之；由也兼人①，故退之。"②

【注释】

①兼人，谓胜人也。

②张敬夫曰："闻义固当勇为，然有父兄在，则有不可得而专者。若不禀命而行，则反伤于义矣。'子路有闻，未之能行，唯恐有闻。'则于所当为，不患其不能为矣；特患为之之意或过，而于所当禀命者有阙耳。若冉求之资禀失之弱，不患其不禀命也；患其于所当为者逡巡畏缩，而为之不勇耳。圣人一进之，一退之，所以约之于义理之中，而使之无过不及之患也。"

【译文】

子路问道："听说了就实行吗？"孔子说："有父亲兄长在，怎么能听说了就实行呢？"

冉有问道："听说了就实行吗？"孔子说："听说了就实行。"

公西华道："仲由询问是否听说了就实行，老师说，'有父亲兄长在，（不能这样做）'；冉求询问是否听说了就实行，老师说'听说了就实行'。我有些迷惑，大胆地来问问。"孔子说："冉求平日做事退缩，所以鼓励他大胆干；仲由的胆量有两个人的大，勇于作为，所以我要压压他，给他一些约束。"

【原文】

子畏于匡，颜渊后①。子曰："吾以女②为死矣。"曰："子在，回何敢死？"③

【注释】

①后，谓相失在后。

②女，音汝。

③何敢死，谓不赴斗而必死也。胡氏曰："先王之制，民生于三，事之如一。惟其所在，则致死焉。况颜渊之于孔子，恩义兼尽，又非他人之为师弟子者而已。即夫子不幸而遇难，回必捐生以赴之矣。捐生以赴之，幸而不死，则必上告天子、下告方伯，请讨以复雠，不但已也。夫子而在，则回何为而不爱其死，以犯匡人之锋乎？"

【译文】

孔子被拘囚在匡后，颜渊最后才来。孔子说："我以为你死了。"颜渊说："老师还活着，我怎么敢死呢？"

【原文】

季子然问："仲由、冉求可谓大臣与？"①子曰："吾以子为异之问，曾由与求之问②！所谓大臣者：以道事君③，不可则止④。今由与求也，可谓具臣矣。"曰："然则从之者与？"

子曰："弑父与君，亦不从也。"

【注释】

①与，阴平。子然，季氏子弟。自多其家得臣二子，故问之。

②异，非常也。曾，犹乃也。轻二子以抑季然也。

③"以道事君"者，不从君之欲。

④"不可则止"者，必行己之志。

【译文】

季子然问道："仲由、冉求可称为德行高尚的大臣吗？"孔子说："我以为你是问别的，竟是问仲由和冉求呀。所谓德行高尚的大臣，是用道侍奉君主，如果这样行不通的话，就辞官不做。如今仲由和冉求，只可以说得上是备位充数的臣属。"

季子然又说："那么他们是顺从的人吗？"孔子说："杀父亲、谋害君主的事情，他们也不会顺从的。"

【原文】

子路使子羔为费宰①。子曰："贼夫人之子。②"子路曰："有民人焉，有社稷焉。何必读书，然后为学？③"子曰："是故恶夫佞者。"

【注释】

①子路为季氏宰而举之也。

②夫，音扶，下同。贼，害也。言子羔质美而未学，遽使治民，适以害之。

③言治民、事神皆所以为学。

【译文】

子路叫子羔去费县当县长。孔子说："这是残害那里的子弟。"子路说："那里有老百姓，有政权机关，为什么一定要读书才算作学习呢？"孔子说："所以我讨厌那狡辩的人。"

【原文】

子路、曾皙①、冉有、公西华侍坐②。子曰："以吾一日长乎尔，毋吾以也③。居则曰：'不吾知也！'如或知尔，则何以哉？④"子路率尔⑤而对曰："千乘⑥之国，摄⑦乎大国之间，加之以师旅⑧，因⑨之以饥馑⑩；由也为之，比⑪及三年，可使有勇，且知方⑫也。"夫子哂⑬之。"求！尔何如？⑭"对曰："方六七十，如五六十，求也为之，比及三年，可使足民。如其礼乐，以俟君子。⑮""赤！尔何如？"对曰："非曰能之，愿学焉⑯。宗庙之事，如会同，端章甫，愿为小相焉。""点！尔何如？"鼓瑟希，铿尔，舍瑟而作。对曰："异乎三子者之撰。"子曰："何伤乎？亦各言其志也。"曰："莫春者，春服既成。冠者五六人，童子六七人，浴乎沂，风乎舞雩，泳而归。"夫子喟然叹曰："吾与点也！"三子者出，曾皙后。曾皙曰："夫三子者之言何如？"子曰："亦各言其志也已矣。"曰："夫子何哂由也？"曰："为国以礼，其言不让，是故哂之。""唯求则非邦也与？""安见方六七十如五六十而非邦也者？""唯赤则非邦也与？""宗庙会同，非诸侯而何？赤也为之小，孰能为之大？"

农山言志

【注释】

①皙，曾参父，名点。

②坐，才卧反。

③长，上声。言我虽年少长于女，然女勿以我长而难言。盖诱之尽言以观其志，而圣人和气谦德，于此亦可见矣。

④言女平居，则言"人不知我"。如或有人知女，则女将何以为用也？

⑤率尔，轻遽之貌。

⑥乘，去声。

⑦摄，管束也。

⑧二千五百人为师，五百人为旅。

⑨因，仍也。

⑩饥，音机。馑，音仅。谷不熟曰饥，菜不熟曰馑。

⑪比，必二反，下同。

⑫方，向也，谓向义也。民向义，则能亲其上、死其长矣。

⑬哂，诗忍反，微笑也。

⑭"求，尔何如"，孔子问也。下放此。

⑮方六七十里，小国也。如，犹或也。五六十里，则又小矣。足，富足也。俟君子，言非己所能。冉有谦退，又以子路见哂，故其辞益逊。

⑯公西华志于礼乐之事，嫌以君子自居，故将言己志而先为逊辞，言未能而愿学也。

【译文】

子路、曾皙、冉有、公西华四个人陪孔子坐着。孔子说："因为我比你们年纪大一些，你们不要因为我在这里而不敢尽情说话。你们平时常常说：'没有人了解我呀！'假如有人了解你们，任用你们，你们怎么办呢？"子路轻率而急忙地回答说："一个拥有兵车一千辆的国家，夹在大国之间，受到外国军队的侵犯，加上国内闹饥荒，让我去治理，等到三年，可以使人民勇敢善战，并且懂得礼义。"孔子讥讽地笑了一笑。孔子问："冉求，你怎么样？"冉求回答说："一个六七十平方里或者五六十平方里的小国家，让我去治理，等到三年，可以使人民丰衣足食。至于这个国家的礼乐，只好等待君子来施行了。"孔子问："公西赤，你怎么样？"公西华回答说："我不是说有能力做到，只是愿意学习罢了。举行宗庙祭祀，或者诸侯会盟，我愿意穿着礼服戴着礼帽，做一个小傧相。"孔子问："曾点，你怎么样？"曾皙弹瑟声调逐渐稀疏，最后铿的一声结束，他放下瑟站起来回答说："我的志愿和他们三位所讲的不同。"孔子说："这有什么妨害呢？也不过是各人谈谈自己的志愿罢了。"曾皙说："暮春三月，已经穿得上春装了，我和五六位成年人，六七个少年人，去沂水中洗洗澡，去舞雩台上吹吹风，然后一路唱着歌回来。"孔子长叹一声说："我赞成曾点的理想呀！"子路、冉有、公西华三人出来了，曾皙留在后面。曾皙说："这三位同学的话说得怎么样？"孔子说："也不过是各人谈谈自己的志向罢了。"曾皙说："你为什么笑仲由呢？"孔子说："治国要讲礼让，仲由说话不谦让，所以我笑他。"曾皙说："难道冉求谈的就不是国家吗？"孔子说："怎么见得六七十平方里或者五六十平方里的地方就不是国家呢？"曾皙说："难道公西赤谈的就不是国家吗？"孔子说："有祭祀的宗庙，能和别国举行盟会，不是诸侯国又是什么呢？公西赤只能做小傧相，那谁能做大傧相呢？"

颜渊第十二

【原文】

颜渊问仁。子曰："克己复礼为仁①。一日克己复礼，天下归仁焉②。为仁由己，而由人乎哉？③"颜渊曰："请问其目。④"子曰："非礼勿视，非礼勿听，非礼勿言，非礼勿动。⑤"颜渊曰："回虽不敏，请事斯语矣。"

【注释】

①仁者，本心之全德。克，胜也。己，谓身之私欲也。复，反也。礼者，天理之节文也。为仁者，所以全其心之德也。盖心之全德，莫非天理，而亦不能不坏于人欲。故为仁者必有以胜私欲而复于礼，则事皆天理，而本心之德复全于我矣。

②归，犹与也。又言一日克己复礼，则天下之人皆与其仁，极言其效之甚速而至大也。

③又言为仁由己，而非他人所能预，又见其机之在我而无难也。日日克之，不以为难，则私欲净尽，天理流行，而仁不可胜用矣。程子曰："非礼处便是私意。既是私意，如何得仁？须是克尽己私，皆归于礼，方始是仁。"又曰："克己复礼，则事事皆仁，故曰天下归仁。"谢氏曰："克己，须从性偏难克处克将去。"

④目，条件也。颜渊闻夫子之言，则于天理人欲之际，已判然矣，故不复有所疑问，而直请其条目也。

⑤非礼者，己之私也。勿者，禁止之辞。是人心之所以为主，而胜私复礼之机也。私胜，则动容周旋无不中礼，而日用之间，莫非天理之流行矣。

【译文】

颜渊询问仁，孔子说："约束自身使言行合乎礼，就是仁。一旦能约束自身使言行合乎礼，天下就归依仁了。成就仁在乎自身，难道要仰仗他人吗？"

颜渊说："请问具体的内容。"孔子说："不合乎礼的不去看，不合乎礼的不去听，不合乎礼的不去说，不合乎礼的不去做。"

颜渊说："我虽然迟钝，也要奉行这些教导。"

【原文】

仲弓问仁。子曰："出门如见大宾，使民如承大祭。己所不欲，勿施于人。在邦无怨，在家无怨。①"仲弓曰："雍虽不敏，请事斯语矣。"

【注释】

①敬以持己，恕以及物，则私意无所容而心德全矣。内外无怨，亦以其效言之，使以自考也。程子曰："孔子言仁，

340

只说‘出门如见大宾，使民如承大祭’。看其气象，便须心广体胖，动容周旋中礼。惟谨独，便是守之之法。或问：‘出门、使民之时，如此可也；未出门、使民之时，如之何？’曰：此‘俨若思’时也，有诸中而后见于外。观其出门、使民之时，其敬如此，则前乎此者敬可知矣，非因出门、使民然后有此敬也。”愚按：克己复礼，乾道也；主敬行恕，坤道也。颜、冉之学，其高下浅深，于此可见。然学者诚能从事于敬恕之间而有得焉，亦将无己之可克矣。

【译文】

仲弓询问仁，孔子说："走出家门如同会见贵宾，役使民众如同承当大祭。自己所不想要的，不要施加于他人。在官府没有人怨恨，在家里没有人怨恨。"

仲弓说："我虽然迟钝，也要奉行这些教导。"

【原文】

司马牛①问仁。子曰："仁者其言也讱。②"曰："其言也讱，斯谓之仁已乎？"子曰："为之难，言之得无讱乎？"③

【注释】

①司马牛，孔子弟子，名犁，向魋之弟。

②讱，音刃，忍也，难也。仁者心存而不放，故其言若有所忍而不易发，盖其德之一端也。夫子以牛多言而躁，故

告之以此。使其于此而谨之，则所以为仁之方，不外是矣。

③牛意仁道至大，不但如夫子之所言，故夫子又告之以此。盖心常存，故事不苟；事不苟，故其言自有不得而易者，非强闭之而不出也。杨氏曰："观此及下章再问之语，牛之易其言可知。"程子曰："虽为司马牛多言故及此，然圣人之言，亦止此为是。"愚谓牛之为人如此，若不告之以其病之所切，而泛以为仁之大概语之，则以彼之躁，必不能深思以去其病，而终无自以入德矣。故其告之如此。盖圣人之言，虽有高下大小之不同，然其切于学者之身，而皆为入德之要，则又初不异也。读者其致思焉。

【译文】

司马牛询问仁，孔子说："具备仁的人，他的言语谨慎。"

司马牛说："言语谨慎就叫做仁了吗？"孔子说："做起来难，说能不谨慎吗？"

【原文】

司马牛问君子。子曰："君子不忧不惧。①"曰："不忧不惧，斯谓之君子已乎？"子曰："内省不疚，夫何忧何惧？"②

【注释】

①向魋作乱，牛常忧惧。故夫子告之以此。

四子侍坐

②疾，病也。夫，音扶。牛之再问，犹前章之意，故复告之以此。言由其平日所为无愧于心，故能内省不疾，而自无忧惧，未可遽以为易而忽之也。晁氏曰："不忧不惧，由乎德全而无疵。故无入而不自得，非实有忧惧而强排遣之也。"

【译文】

司马牛询问君子，孔子说："君子不忧愁、不畏惧。"

司马牛说："不忧愁、不畏惧就叫做君子了吗？"孔子说："内心自省不感到愧疚，还忧愁什么、畏惧什么呢？"

【原文】

司马牛忧曰："人皆有兄弟，我独亡。①"子夏曰："商闻之矣^②：死生有命，富贵在天^③。君子敬而无失，与人恭而有礼，四海之内，皆兄弟也。君子何患乎无兄弟也？”^④

【注释】

①牛有兄弟而云然者，忧其为乱而将死也。

②盖闻之夫子。

③命禀于有生之初，非今所能移。天莫之为而为，非我所能必，但当顺受而已。

④既安于命，又当修其在己者。故又言苟能持己以敬而不间断，接人以恭而有节文，则天下之人皆爱敬之如兄弟矣。盖子夏欲以宽牛之忧，故为是不得已之辞，读者不以辞害意可也。胡氏曰："子夏'四海皆兄弟'之言，特以广司马牛之意，意圆而语滞者也。惟圣人则无此病矣。且子夏知此而以哭子丧明，则以蔽于爱而昧于理，是以不能践其言尔。"

【译文】

司马牛忧伤地说："别人都有兄弟，唯独我没有。"子夏说："我听说，生死自有命运，富贵在于上天。君子恭敬而没有失误，待人谦恭而合乎礼仪，四海之内都是兄弟，君子何必担忧没有兄弟呢？"

【原文】

子张问明。子曰："浸润之谮^①，肤受之愬^②，不行焉，可谓明也已矣。浸润之谮，肤受之愬，不行焉，可谓远也已矣。”③

【注释】

①浸润，如水之浸灌滋润，渐渍而不骤也。谮，庄荫反，毁人之行也。

②肤受，谓肌肤所受，利害切身，如《易》所谓“剥床以肤，切近灾”者也。愬，苏路反，愬己之冤也。

③毁人者渐渍而不骤，则听者不觉其入而信之深矣。愬冤者急迫而切身，则听者不及致详而发之暴矣。二者难察而能察之，则可见其心之明而不蔽于近矣。此亦必因子张之失而告之，故其辞繁而不杀，以致叮咛之意云。杨氏曰：“骤而语之，与利害不切于身者，不行焉，有不待明者能之也。故浸润之谮、肤受之愬不行，然后谓之明，而又谓之远。远则明之至也。《书》曰：‘视远惟明。’”

【译文】

子张询问贤明，孔子说：“点滴浸润的谗言、切肤之痛的诬陷不能生效，可以称为贤明了；点滴浸润的谗言、切肤之痛的诬陷不能生效，可以称为德行高远了。”

【原文】

子贡问政。子曰：“足食，足兵，民信之矣。①”子贡曰：

“必不得已而去②，于斯三者何先？”曰：“去兵。③”子贡曰：“必不得已而去，于斯二者何先？”曰：“去食。自古皆有死，民无信不立。”④

【注释】

①言仓廪实而武备修，然后教化行，而民信于我，不离叛也。

②去，去声，下同。

③言食足而信孚，则无兵而守固矣。

④民无食必死，然死者人之所必不免，无信，则虽生而无以自立，不若死之为安。故宁死而不失信于民，使民亦宁死而不失信于我也。程子曰：“孔子弟子善问，直穷到底。如此章者，非子贡不能问，非圣人不能答也。”愚谓以人情而言，则兵食足而后吾之信可以孚于民。以民德而言，则信本人之所固有，非兵食所得而先也。是以为政者，当身率其民而以死守之，不以危急而可弃也。

【译文】

子贡问孔子怎样治理政事。孔子说：“有充足的粮食，有充足的军备，人民信任政府。”子贡说：“如果在不得已的情况下一定要去掉一项，在三项当中应该先去掉哪一项呢？”孔子说：“去掉军备。”子贡说：“如果还迫不得已一定要再去一项，在这二项当中应该去掉哪一项呢？”孔子说：“去掉粮食。自古以来，人都要死，但政府如果失去人民的信任，那么国家政事必然不能治理好！”

【原文】

棘子成曰："君子质而已矣，何以文为？[①]"子贡曰："惜乎！夫子之说，君子也。驷不及舌[②]。文犹质也，质犹文也。虎豹之鞟犹犬羊之鞟。"[③]

【注释】

①棘子成，卫大夫。疾时人文胜，故为此言。

②言子成之言，乃君子之意。然言出于舌，则驷马不能追之，又惜其失言也。

③鞟，克郭反，皮去毛者也。言文质等耳，不可相无。若必尽去其文而独存其质，则君子小人无以辨矣。夫棘子成矫当时之弊，固失之过；而子贡矫子成之弊，又无本末轻重之差，胥失之矣。

【译文】

棘子成说："君子只要思想品质好就可以了，何必讲究那些表面的文采形式呢？"子贡说："可惜呀！您这样谈论君子。真是一言既出，驷马难追。文采如同质朴一样重要，质朴也如同文采一样。如果去掉了有文采的毛这个形式，那么虎豹的皮革就和犬羊的皮革是一样的了。"

【原文】

哀公问于有若[①]曰："年饥，用不足，如之何？[②]"有若对

曰：“盍彻乎？ ③”曰：“二，吾犹不足，如之何其彻也？ ④”对曰：“百姓足，君孰与不足？百姓不足，君孰与足？” ⑤

【注释】

①有若，字子有。孔子弟子。

②用，谓国用。公意盖欲加赋以足用也。

③彻，通也，均也。周制：一夫受田百亩，而与同沟共井之人通力使用，计亩均收。大率民得其九，公取其一，故谓之彻。鲁自宣公税亩，又逐亩什取其一，则为什而取二矣。故有若请但专行彻法，欲公节用以厚民也。

④二，即所谓什二也。公以有若不喻其旨，故言此以示加赋之意。

⑤民富，则君不至独贫；民贫，则君不能独富。有若深言君民一体之意，以止公之厚敛，为人上者所宜深念也。杨氏曰："仁政必自经界始。经界正，而后井地均、谷禄平，而军国之需皆量是以为出焉。故一彻而百度举矣，上下宁忧不足乎？以二犹不足，而教之彻，疑若迂矣。然什一，天下之中正，多则桀，寡则貊，不可改也。后世不究其本而惟末之图，故征敛无艺，费出无经，而上下困矣，又恶知'盍彻'之当务而不为迂乎？"

【译文】

哀公向有若问道："年成歉收，国家财用不足，该怎么办？"有若回答说："您何不施行十分抽一的税率政策呢？"哀公说："十分抽二的田税，我尚且还感到不够用，怎么能实行十分抽的一税率呢？"有若回答说："如果老百姓富足了？国君还有谁能够不富足呢？如果老百姓不富足，那么国君怎么能够富足呢？"

【原文】

子张问崇德、辨惑。子曰："主忠信，徙义[1]，崇德也。爱之欲其生，恶之欲其死；既欲其生，又欲其死：是惑也。[2]'诚不以富，亦祇以异。'"[3]

【注释】

[1]主忠信，则本立。徙义，则日新。

[2]恶，去声。爱、恶，人之常情也。然人之生死有命，非可得而欲也。以爱恶而欲其生死，则惑矣。既欲其生，又欲其死，则惑之甚也。

[3]此《诗·小雅·我行其野》之辞也。旧说：夫子引之，以明欲其生死者不能使之生死，如此诗所言，不足以致富而适足以取异也。程子曰："此错简，当在第十六篇'齐景公有马千驷'之上。因此下文亦有'齐景公'字而误也。"杨氏曰："'堂堂乎张也，难与并为仁矣。'则非诚善补过、不蔽于私者，故告之如此。"

【译文】

子张请问孔子怎么提高道德水平，辨别是非。孔子说：

“以忠诚信用为做人准则，追求仁义，就可以提高道德水平。对于爱的人就希望他永远活下去，对于厌恶的人就希望他立即死掉。如果既希望他活下去，又希望他死掉，那么，这就是不辨是非啊！《诗经》说：‘诚然不是因为富有，也只是因为见异思迁。’（这就是在义利问题上迷惑不清，不明是非啊！）”

【原文】

齐景公①问政于孔子②。孔子对曰：“君君，臣臣，父父，子子。③”公曰：“善哉！信如君不君，臣不臣，父不父，子不子，虽有粟，吾得而食诸？”④

【注释】

①齐景公，名杵臼。

②鲁昭公末年，孔子适齐。

③此人道之大经，政事之根本也。是时景公失政，而大夫陈氏厚施于国；景公又多内嬖，而不立太子。其君臣父子之间，皆失其道，故夫子告之以此。

④景公善孔子之言而不能用，其后果以继嗣不定，启陈氏弑君篡国之祸。杨氏曰：“君之所以君，臣之所以臣，父之所以父，子之所以子，是必有道矣。景公知善夫子之言，而不知反求其所以然，盖悦而不绎者，齐之所以卒于乱也。”

【译文】

齐景公问孔子怎样治理国家。孔子回答说："国君要像个国君，大臣要像个大臣，父亲要像个父亲，儿子要像个儿子。"齐景公说："好得很那！诚然，如果国君不像个国君，大臣不像个大臣，父亲不像个父亲，儿子不像个儿子，即使有很多粮食，我能够吃得到吗？"

【原文】

子曰："片言可以折狱者，其由也与？[①]"子路无宿诺。[②]

【注释】

①片言，半言。折，之舌反，断也。与，阴平。子路忠信明决，故言出而人信服之，不待其辞之毕也。

②宿，留也，犹宿怨之宿。急于践言，不留其诺也。记者因夫子之言而记此，以见子路之所以取信于人者，由其养之有素也。尹氏曰："小邾射以句绎奔鲁，曰：'使季路要我，吾无盟矣。'千乘之国，不信其盟，而信子路之一言，其见信于人可知矣。一言而折狱者，信在言前，人自信之故也。不留诺，所以全其信也。"

【译文】

孔子说："根据单方面的告词就可以判断诉讼案件的，

大概也只有仲由了吧！"子路从不拖延自己许下的诺言。

【原文】

子曰："听讼，吾犹人也。必也使无讼乎！"①

【注释】

①范氏曰："听讼者，治其末，塞其流也。正其本，清其源，则无讼矣。"杨氏曰："子路片言可以折狱，而不知以礼逊为国，则未能使民无讼者也。故又记孔子之言，以见圣人不以听讼为难，而以使民无讼为贵。"

【译文】

孔子说："审理诉讼案件，我同别人一样。我与别人不同的是，一定要让诉讼案件不发生为好。"

【原文】

子张问政。子曰："居之无倦①，行之以忠②。"

【注释】

①居，谓存诸心。无倦，则始终如一。
②行，谓发于事。以忠，则表里如一。程子曰："子张少仁。无诚心爱民，则必倦而不尽心。故告之以此。"

【译文】

子张请教孔子怎样处理政事。孔子说："身居官位从不松懈，处理政事忠心耿耿。"

【原文】

子曰："博学于文，约之以礼，亦可以弗畔矣夫！"①

【注释】

①重出。

【译文】

孔子说："广泛地学习文化知识，用礼仪来约束自己的行为，这样就可以不背离正道了。"

【原文】

子曰："君子成①人之美，不成人之恶。小人反是。"②

【注释】

①成者，诱掖奖劝以成其事也。

②君子、小人，所存既有厚薄之殊，而其所好又有善恶之异，故其用心不同如此。

【译文】

孔子说："君子鼓励成全别人的好事，不促成别人的坏事。小人的做法则与此相反。"

【原文】

季康子问政于孔子。孔子对曰："政者，正也。子帅以正，孰敢不正？"①

过庭诗礼

【注释】

①范氏曰："未有己不正而能正人者。"胡氏曰："鲁自中叶，政由大夫，家臣效尤，据邑背叛，不正甚矣。故孔子以是告之，欲康子以正自克，而改三家之故。惜乎康子之溺

于利欲而不能也。”

【译文】

季康子问孔子怎样施行政事。孔子回答：“政，就是正道，您带头走正道，谁敢不走正道？”

【原文】

季康子患盗，问于孔子。孔子对曰：“苟子之不欲，虽赏之不窃。”①

【注释】

①言子不贪欲，则虽赏民使之为盗，民亦知耻而不窃。胡氏曰：“季氏窃柄，康子夺嫡，民之为盗，固其所也。盍亦反其本耶？孔子以‘不欲’启之，其旨深矣。”夺嫡事见《春秋传》。

【译文】

季康子忧虑盗贼太多，问孔子怎么办。孔子回答：“如果您不贪求财物，即使鼓励偷盗，他们也不会去偷的。”

【原文】

季康子问政于孔子，曰：“如杀无道，以就有道，何如？”孔子对曰：“子为政，焉用杀？子欲善，而民善矣[1]。君子之德风，小人之德草。草上[2]之风，必偃[3]。”

【注释】

①焉，於虔反。为政者，民所视效，何以杀为？欲善则民善矣。

②上，一作尚，加也。

③偃，仆也。尹氏曰：“杀之为言，岂为人上之语哉？以身教者从，以言教者讼，而况于杀乎？”

【译文】

季康子问孔子怎样施行政事，说：“如果杀掉没有道德的人，而亲近有道德的人，这样可以吗？”孔子回答说：“您要治理国政，怎么用杀人的办法呢？您希望从善而人民也会从善。君子的品德就好比风，小人的品德好比草，草上有风，草就会随风而仆倒。”

【原文】

子张问：“士何如，斯可谓之达[1]矣？”子曰：“何哉，尔所谓达者”[2]子张对曰：“在邦必闻，在家必闻。[3]”子曰：“是闻也，非达也[4]。夫达也者，质直而好义，察言而观色，虑以下人。在邦必达[5]，在家必达。夫闻也者，色取仁而行违，居之不疑。在邦必闻，在家必闻。”[6]

【注释】

①达者，德孚于人而行无不得之谓。

②子张务外，夫子盖已知其发问之意，故反诘之，将以发其病而药之也。

③言名誉著闻也。

④"闻"与"达"相似而不同，乃诚伪之所以分，学者不可不审也。故夫子既明辨之，下文又详言之。

⑤夫，音扶，下同。好、下，皆去声。内主忠信，而所行合宜，审于接物而卑以自牧，皆自修于内，不求人知之事。然德修于己而人信之，则所行自无窒碍矣。

⑥行，去声。善其颜色以取于仁，而行实背之，又自以为是而无所忌惮，此不务实而专务求名者，故虚誉虽隆而实德则病矣。程子曰："学者须是务实，不要近名。有意近名，大本已失，更学何事？为名而学，则是伪也。今之学者，大抵为名。为名与为利，虽清浊不同，然其利心则一也。"尹氏曰："子张之学，病在乎不务实。故孔子告之，皆笃实之事，充乎内而发乎外者也。当时门人亲受圣人之教，而差失有如此者，况后世乎？"

【译文】

子张问："读书人怎样做才可以显达呢？"孔子说："你所说的显达是什么意思？"子张说："显达，就是在诸侯国家一定名声在外，在卿大夫封地也一定名声在外。"孔子说："这个是有名声，并不是显达。所谓显达，是天性质朴正直，内心喜爱道义，而且善于观察别人的神色，分析别人的言语，发自内心地愿意使自己处在别人之下，这种人在诸侯国家必然显达，在卿大夫封地也必然显达。至于有名声，外表做得很有仁德，但行为却与此相反，他自己以仁人自居而不加怀疑。这种人，在诸侯国必定能骗取名誉，在卿大夫封地也必定能骗取名誉。"

【原文】

樊迟从游于舞雩之下，曰："敢问崇德、修慝①、辨惑。"子曰："善哉问②？先事后得，非崇德与？攻其恶，无攻人之恶，非修慝与？一朝之忿，忘其身以及其亲，非惑与？"③

【注释】

①慝，吐得反。胡氏曰："慝之字从心从匿，盖恶之匿于心者。修者，治而去之。"

②善其切于为己。

③与，阴平。先事后得，犹言先难后获也。为所当为而不计其功，则德日积而不自知矣。专于治己而不责人，则己之恶无所匿矣。知一朝之忿为甚微，而祸及其亲为甚大，则有以辨惑而惩其忿矣。樊迟粗鄙近利，故告之以此三者，皆所以救其失也。范氏曰："先事后得，上义而下利也。人惟有利欲之心，故德不崇。惟不自省己过而知人之过，故慝不修。感物而易动者莫如忿，忘其身以及其亲，惑之甚者也。

惑之甚者必起于细微，能辨之于早，则不至于大惑矣。故惩
忿所以辨惑也。”

【译文】

　　樊迟跟随孔子出游于舞雩台下，樊迟问孔子说：“请问
怎样提高自己的道德，改正过错，辨别是非呢？”孔子说：“这
个问题问得好啊！做事争先，享受在后，不是提高品德了吗？
检查自己的过错，不去指责别人的过错，不就是改正了过错
吗？忍不住一时的气愤，忘了自己的生命安危，甚至也牵连
到自己的亲人，这不是糊涂吗？”

【原文】

　　樊迟问仁。子曰：“爱人。①”问知。子曰：“知人。②”樊
迟未达③。子曰：“举直错诸枉，能使枉者直。④”樊迟退，
见子夏，曰：“乡⑤也，吾见⑥于夫子而问‘知’。子曰：‘举
直错诸枉，能使枉者直’，何谓也？⑦”子夏曰：“富哉言乎⑧！
舜有天下，选于众，举皋陶，不仁者远矣。汤有天下，选于众，
举伊尹，不仁者远矣。”

【注释】

　　①爱人，仁之施。

　　②上“知”，去声；下如字。知人，知之务。

　　③曾氏曰：“迟之意，盖以爱欲其周，而知有所择，故

疑二者之相悖尔。"

④举直错枉者，知也。使枉者直，则仁矣。如此，则二者不惟不相悖，而反相为用矣。

⑤乡，去声。

⑥见，兼言反。

⑦迟以夫子之言专为知者之事，又未达所以能使枉者直之理。

⑧叹其所包者广，不止言"知"。

【译文】

樊迟问什么是仁，孔子说："爱人。"樊迟又问什么是智，孔子说："善于识别人。"

樊迟没有想通这番话。孔子便说："把正直的人提拔出来，使他们的地位在邪恶的人之上，这就能使邪恶的人正直起来。"

樊迟退出来，见到子夏说："刚才我见到老师，问什么是智，老师说：'提拔那些正直的人并使他们在邪恶的人之上，这就能使邪恶的人正直起来。'这话是什么意思？"

子夏说："这是含义多么深刻的话啊！舜有了天下，在众人中挑选了一个皋陶来任用，那些不仁的人也就远离了。汤有了天下，在众人中挑选了一个伊尹来举用，那些不仁的人也就远离了。"

【原文】

子贡问友。子曰："忠告而善道之，不可则止，无自辱焉。"①

曾子曰："君子以文会友，以友辅仁。"②

【注释】

①告，古到反。道，去声。友所以辅仁，故尽其心以告之，善其说以道之。然以义合者也，故不可则止。若以数而见疏，则自辱矣。

②讲学以会友，则道益明；取善以辅仁，则德日进。

化行中都

【译文】

子贡问交友的道理。孔子说："忠心地劝告他，好好地引导他，如果他不听，就应该停止，不要自找侮辱了。”

　　曾子说：“君子凭文章学问来交朋友，靠朋友的交往来培养仁德。”

卷　七

子路第十三

【原文】

子路问政。子曰："先之，劳之。[1]"请益。曰："无[2]倦。"[3]

【注释】

①劳，如字。苏氏曰："凡民之行，以身先之，则不令而行。凡民之事，以身劳之，则虽勤不怨。"

②无，古本作毋。

③吴氏曰："勇者喜于有为而不能持久，故以此告之。"程子曰："子路问政，孔子既告之矣。及请益，则曰'无倦'而已。未尝复有所告，姑使之深思也。"

【译文】

子路问为政之道。孔子说："身先百姓，勉励他们耕作。"子路请多讲一点。孔子便说："这样做永不懈怠。"

【原文】

仲弓为季氏宰，问政。子曰："先有司①，赦小过②，举贤才③。"曰："焉知贤才而举之？"曰："举尔所知。尔所不知，人其舍诸？"④

【注释】

①有司，众职也。宰兼众职，然事必先之于彼，而后考其成功，则己不劳而事毕举矣。

②过，失误也。大者于事或有所害，不得不惩；小者赦之，则刑不滥而人心悦矣。

③贤，有德者。才，有能者。举而用之，则有司皆得其人而政益修矣。

④焉，於虔反。舍，上声。仲弓虑无以尽知一时之贤才，故孔子告之以此。程子曰："人各亲其亲，然后不独亲其亲。仲弓曰'焉知贤才而举之'，子曰'举尔所知。尔所不知，人其舍诸'，便见仲弓与圣人用心之大小。推此义，则一心可以兴邦，一心可以丧邦，只在公私之间尔。"范氏曰："不先有司，则君行臣职矣；不赦小过，则下无全人矣；

不举贤才，则百职废矣。失此三者，不可以为季氏宰，况天下乎？"

【译文】

仲弓担任季氏的家宰，向孔子问如何管理政事。孔子说："给下级官吏带头，宽赦别人的小过失，选拔优秀人才。"仲弓说："怎样去发现优秀人才。从而将他们选拔出来呢？"孔子说："选拔你所了解的。你所不了解的，别人难道会埋没他们吗？"

【原文】

子路曰："卫君待子而为政①，子将奚先？"子曰："必也正名乎！②"子路曰："有是哉，子之迂③也！奚其正？"子曰："野哉由也！君子于其所不知，盖阙如也④。名不正，则言不顺；言不顺，则事不成⑤；事不成，则礼乐不兴；礼乐不兴，则刑罚不中⑥；刑罚不中，则民无所措手足。故君子名之必可言也，言之必可行也。君子于其言，无所苟而已矣。"⑦

【注释】

①卫君，谓出公辄也。是时鲁哀公之十年，孔子自楚反乎卫。

②是时出公不父其父而祢其祖，名实紊矣，故孔子以正名为先。谢氏曰："正名虽为卫君而言，然为政之道，皆当

以此为先。”

③迂，谓远于事情，言非今日之急务也。

④野，谓鄙俗。责其不能阙疑而率尔妄对也。

⑤杨氏曰：“名不当其实，则言不顺。言不顺，则无以考实而事不成。”

⑥中，去声。范氏曰：“事得其序之谓礼，物得其和之谓乐。事不成则无序而不和，故礼乐不兴。礼乐不兴，则施之政事皆失其道，故刑罚不中。”

⑦程子曰：“名实相须。一事苟，则其余皆苟矣。”胡氏曰："卫世子蒯聩耻其母南子之淫乱，欲杀之，不果而出奔。灵公欲立公子郢，郢辞。公卒，夫人立之，又辞。乃立蒯聩之子辄，以拒蒯聩。夫蒯聩欲杀母，得罪于父，而辄据国以拒父：皆无父之人也，其不可有国也明矣。夫子为政，而以正名为先。必将具其事之本末，告诸天王，请于方伯，命公子郢而立之，则人伦正，天理得，名正言顺而事成矣。夫子告之之详如此，而子路终不喻也，故事辄不去，卒死其难。徒知'食焉不避其难'之为义，而不知食辄之食为非义也。"

【译文】

子路问孔子说："假如卫君等您去治理国家，您将先从哪里着手呢？"孔子说："首先必须是纠正名分上的用词不当吧！"子路说："您真的迂腐到这个地步吗！为什么要去纠正呢？"孔子说："仲由啊，你太粗鲁了！君子对于他所不知道的，一般采取存而不论的态度。如果名号表达不正，说话就不会顺当；说话不顺当，事情就办不成；事情办不成，国家的礼乐制度就建立不起来；礼乐制度建立不起来，刑罚就不合理；刑罚不合理，百姓就会手足失措。所以君子使用一个名号必须说得准确，说出来就可以行得通。君子对于他所说的话，是一点马虎都没有的。"

【原文】

樊迟请学稼①，子曰："吾不如老农。"请学为圃②，曰："吾不如老圃。"樊迟出。子曰："小人③哉，樊须也！上好礼，则民莫敢不敬；上好义，则民莫敢不服；上好信，则民莫敢不用情④。夫⑤如是，则四方之民襁⑥负其子而至矣，焉⑦用稼？"⑧

【注释】

①种五谷曰稼。

②种蔬菜曰圃。

③小人，谓细民，孟子所谓小人之事者也。

④好，去声。礼、义、信，大人之事也。好义，则事合宜。情，诚实也。"敬"、"服"、"用情"，盖各以其类而应也。

⑤夫，音扶。

⑥襁，居丈反。织缕为之，以约小儿于背者。

⑦焉，於虔反。

⑧杨氏曰："樊须游圣人之门而问稼圃，志则陋矣，辞

而辟之可也。待其出而后言其非，何也？盖于其问也，自谓农圃之不如，则拒之者至矣。须之学疑不及此，而不能问。不能以三隅反矣，故不复。及其既出，则惧其终不喻也，求老农老圃而学焉，则其失愈远矣。故复言之，使知前所言者意有在也。"

【译文】

樊迟请求学习种庄稼。孔子说："我比不上老农民。"又请求学习种蔬菜，孔子说："我比不上老菜农。"樊迟出去后，孔子说："樊迟真是小人啊！如果在上位者讲求礼制，就不会有百姓不尊敬他；如果在上位者讲求道义，就不会有百姓不服从他；如果在上位者讲求信用，就不会有百姓不讲真话。能做到这样子，其他地方的百姓就都会背着小儿女来归附，还用得着自己种庄稼吗？"

【原文】

子曰："诵《诗》三百，授之以政，不达①；使②于四方，不能专③对：虽多，亦奚以为？"④

【注释】

①《诗》本人情，该物理，可以验风俗之盛衰，见政治之得失。其言温厚和平，长于风谕。故诵之者，必达于政而能言也。

②使，上声。

③专，独也。

④程子曰："穷经将以致用也。世之诵《诗》者，果能从政而专对乎？然则其所学者，章句之末耳，此学者之大患也。"

【译文】

孔子说："熟读了《诗经》三百篇，把政事交给他治理，他办不通；派他出使外国，他不能独立进行外交谈判和酬答——即使读得多，又有什么用呢？"

【原文】

子曰："其身正，不令而行；其身不正，虽令不从。"

子曰："鲁卫之政，兄弟也。"①

【注释】

①鲁，周公之后。卫，康叔之后。本兄弟之国，而是时衰乱，政亦相似，故孔子叹之。

【译文】

孔子说："在上位者只要自己行为端正，不用发布命令，事情也行得通；他自己行为不端正，即使发布命令，百姓也不会信从。"

孔子说："鲁国和卫国的政治情形，就像兄弟般相似。"

【原文】

子谓："卫公子荆[1]善居室。始有，曰：'苟[2]合[3]矣。'少有，曰：'苟完[4]矣。'富有，曰：'苟美矣。'"[5]

【注释】

①公子荆，卫大夫。

②苟，聊且粗略之意。

③合，聚也。

④完，备也。

⑤言其循序而有节，不以欲速、尽美累其心。杨氏曰："务为全美，则累物而骄吝之心生。公子荆皆曰'苟'而已，则不以外物为心，其欲易足故也。"

【译文】

孔子提到卫国的公子荆，说："他善于居家度日。刚有了点财产，他就说：'差不多够了。'再稍多一点，他就说：'差不多完备了。'真正有很多财产了，他就说：'差不多完美了。'"

【原文】

子适卫，冉有仆[1]。子曰："庶[2]矣哉！"冉有曰："既庶

子路问津

矣，又何加焉？"曰："富之。③"曰："既富矣，又何加焉？"
曰："教之。"④

【注释】

①仆，御车也。

②庶，众也。

③庶而不富，则民生不前边，故制田里、薄赋敛以富之。

④富而不教，则近于禽兽。故必立学校、明礼义以教之。
胡氏曰："天生斯民，立之司牧，而寄以三事。然自三代之后，
能举此职者，百无一二。汉之文、明，唐之太宗，亦云庶且富矣。
西京之教无闻焉。明帝尊师重傅，临雍拜老，宗戚子弟莫不
受学；唐太宗大召名儒，增广生员，教亦至矣；然而未知所
以教也。三代之教，天子公卿躬行于上，言行政事皆可师法。
彼二君者，其能然乎？"

【译文】

孔子到卫国去，冉有担任驾车的人。孔子说："卫国人口好多啊！"冉有说："人口多了后，又该怎么办呢？"孔子说："让他们富起来。"冉有说："已经富了，又该怎么办呢？"孔子说："教育他们。"

【原文】

子曰："苟有用我者，期月而已可也，三年有成。"①

【注释】

①期月，谓周一岁之月也。可者，仅辞，言纲纪布也。有成，治功成也。尹氏曰："孔子叹当时莫能用已也，故云然。"愚按《史记》，此盖为卫灵公不能用而发。

【译文】

孔子说："假如有人用我治理国政，有一年时间就可以推行我的政教，有三年时间就可以见成效。"

【原文】

子曰："善人为邦百年①，亦可以胜残去杀②矣。诚哉是言也！③"

【注释】

①为邦百年，言相继而久也。

②胜，去声。胜残，遏制凶残之人，使不为恶也。去，去声。去杀，谓民化于善，可以不用刑杀也。

③盖古有是言，而夫子称之。程子曰："汉自高、惠至于文、景，黎民醇厚，几致刑措，庶乎其近之矣。"尹氏曰："胜残去杀，不为恶而已，善人之功如是。若夫圣人，则不待百年，其化亦不止此。"

【译文】

孔子说："'连续一百年由善人治国，也就可以克服残暴，免除杀戮了。'这话说得确实对啊！"

【原文】

子曰："如有王者，必世而后仁。"①

【注释】

①王者，谓圣人受命而兴也。三十年为一世。仁，谓教化浃也。程子曰："周自文、武至于成王，而后礼乐兴，即其效也。"或问："'三年'、'必世'，迟速不同，何也?"程子曰："'三年有成'，谓法度纪纲有成而化行也。渐民以仁，摩民以义，使之浃于肌肤，沦于骨髓，而礼乐可兴，所谓仁

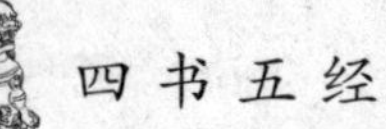

也。此非积久，何以能致？”

【译文】

孔子说：“假如有人受命为王，必须经过三十年，才能完成仁政。”

【原文】

子曰：“苟正其身矣，于从政乎何有？不能正其身，如正人何？”

冉子退朝[1]。子曰：“何晏[2]也？”对曰：“有政[3]。”子曰：“其事[4]也。如有政，虽不吾以[5]，吾其与[6]闻之。”[7]

【注释】

[1]朝，音潮。冉有时为季氏宰。朝，季氏之私朝也。

[2]晏，晚也。

[3]政，国政。

[4]事，家事。

[5]以，用也。

[6]与，去声。

[7]礼：大夫虽不治事，犹得与闻国政。是时季氏专鲁，其于国政，盖有不与同列议于公朝，而独与家臣谋于私室者。故夫子为不知者而言：此必季氏之家事耳。若是国政，我尝为大夫，虽不见用，犹当与闻。今既不闻，则是非国政

也。语意与魏徵献陵之对略相似。其所以正名分，抑季氏，而教冉有之意深矣。

【译文】

孔子说："只要自己行为端正了，对于治理政事还有什么困难？假如自己行为不能端正，又怎能使别人端正呢？"

冉有退朝回来，孔子说："今天为何回得这么晚？"冉有回答说："有政务。"孔子说："那大概是事务吧！如果有政务，我虽然不再任职了，我也应该知道的。"

【原文】

定公问："一言而可以兴邦，有诸？"孔子对曰："言不可以若是其几也[1]。人之言曰：'为君难，为臣不易[2]。'如知为君之难也，不几乎一言而兴邦乎？[3]"曰："一言而丧[4]邦，有诸？"孔子对曰："言不可以若是其几也。人之言曰：'予无乐乎为君，惟其言而莫予违也。[5]'如其善而莫之违也，不亦善乎？如不善而莫之违也，不几乎一言而丧邦乎？[6]"

【注释】

[1]几，期也。《诗》曰："如几如式。"言一言之间，未可以如此而必期其效。

[2]当时有此言也。易，去声。

[3]因此言而知为君之难，则必战战兢兢，临深履薄，而

无一事之敢忽。然则此言也，岂不可以必期于兴邦乎？为定公言，故不及臣也。

④丧，去声，下同。

⑤乐，音洛。言他无所乐，惟乐此耳。

⑥范氏曰："言不善而莫之违，则忠言不至于耳，君日骄而臣日谄，未有不丧邦者也。"谢氏曰："知为君之难，则必敬谨以持之。惟其言而莫予违，则谗谄面谀之人至矣。邦未必遽兴丧也，而兴丧之源分于此。然此非识微之君子，何足以知之？"

【译文】

鲁定公问孔子说："一句话可以使国家兴盛，有这样的事吗？"孔子回答说："话不可能有这样绝对的。不过，人们常说：'做君难，做臣也不容易。'假如知道做君的艰难（而努力去干），岂不近于一句话而使国家兴盛吗？"定公又问："一句话可以使国家灭亡，有这样的事吗？"孔子回答说："话不可能有这样绝对的。不过，人们常说：'我对做国君不觉得什么快乐，只是我说什么都没人敢违抗我。'假如说的对而没有人违抗，不也很好吗？假如说的不对而没有人违抗，岂不近于一句话而使国家灭亡吗？"

【原文】

叶公问政①。子曰："近者说，远者来。"②

【注释】

①音义并见第七篇。

②说，音悦。被其泽则说，闻其风则来。然必近者说，而后远者来也。

在陈绝粮

【译文】

叶公问为政之道。孔子说："使境内的人高兴，使境外的人归附。"

【原文】

子夏为莒父①宰，问政。子曰："无欲速，无见小利。欲速，则不达②；见小利，则大事不成。③"

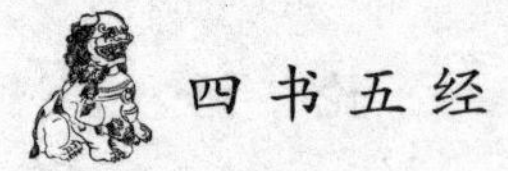

【注释】

①父，音甫。莒父，鲁邑名。

②欲事之速成，则急遽无序，而反不达。

③见小者之为利，则所就者小，而所失者大矣。程子曰：“子张问政，子曰：‘居之无倦，行之以忠。’子夏问政，子曰：‘无欲速，无见小利。’子张常过高而未仁，子夏之病常在近小，故各以切己之事告之。”

【译文】

子夏担任莒父的邑宰，向孔子问如何治理政事。孔子说：“不可求速成，不可只顾小利。求速成，就达不到目标；只顾小利，就办不成大事。”

【原文】

叶公语①孔子曰：“吾党有直躬②者，其父攘③羊，而子证之。”孔子曰：“吾党之直者异于是。父为子隐，子为父隐，直在其中矣。”④

【注释】

①语，去声。

②直躬，直身而行者。

③有因而盗曰攘。

④为，去声。父子相隐，天理人情之至也。故不求为直，而直在其中。谢氏曰："顺理为直。父不为子隐，子不为父隐，于理顺邪？瞽瞍杀人，舜窃负而逃，遵海滨而处。当是时，爱亲之心胜，其于直不直何暇计哉？"

【译文】

叶公告诉孔子说："我们那里有个正直的人，他父亲偷了羊，他便告发。"孔子说："我们那里正直的人与此不同：父亲为儿子隐瞒，儿子为父亲隐瞒，正直就在这里头了。"

【原文】

樊迟问仁。子曰："居处恭，执事敬，与人忠。虽之夷狄，不可弃也。"①

【注释】

①恭主容，敬主事。恭见于外，敬主乎中。"之夷狄不可弃"，勉其固守而勿失也。程子曰："此是彻上彻下语。圣人初无二语也，充之则睟面盎背；推而达之，则笃恭而天下平矣。"胡氏曰："樊迟问仁者三：此最先，'先难'次之，'爱人'其最后乎？"

【译文】

樊迟询问仁。孔子说："平日在家态度端庄恭敬，办事严肃认真，对待别人要忠诚。即使到别国去，也是不能废弃的。"

【原文】

子贡问曰："何如斯可谓之士矣？"子曰："行己有耻；使于四方，不辱君命：可谓士矣。①"曰："敢问其次。"曰："宗族称孝焉，乡党称弟焉。②"曰："敢问其次。"曰："言必信，行必果，硁硁然，小人哉！抑亦可以为次矣。③"曰："今之从政者④何如？"子曰："噫⑤！斗筲之人⑥，何足算⑦也！"⑧

【注释】

①使，去声。此其志有所不为，而其材足以有为者也。子贡能言，故能使事告之。盖为使之难，不独贵于能言而已。

②弟，去声。此本立而材不足者，故为其次。

③行，去声。果，必行也。硁，苦耕反，小石之坚确者。硁硁，固执小人，言其识量之浅狭也。此其本末皆无足观，然亦不害其为自守也，故圣人犹有取焉。下此则市井之人，不复可为士矣。

④今之从政者，盖如鲁三家之属。

⑤噫，心不平声。

⑥斗，量名，容十升。筲，少交反，竹器，容斗二升。斗筲之人，言鄙细也。

⑦算，亦作筭，苏乱反，数也。

⑧子贡之问每下，故夫子以是警之。程子曰："子贡之意，盖欲为皎皎之行，闻于人者。夫子告之，皆笃实自得之事。"

【译文】

子贡问道："怎样才可以称为士呢？"孔子说："对自己的行为有羞耻之心，出使他国能不辜负国君的使命，这就是称为士了。"

子贡说："请问比这差一等的。"孔子说："宗族称赞他孝顺父母。乡里称赞他恭敬兄长。"

子贡说："请问比这差一等的。"孔子说："言语一定信实，行为一定坚决果断，这是不问是非黑白而只管自己贯彻言行的小人呀！但也能算是差一等的士了。"

子贡说："现在从事执政的人怎么样呢？"孔子说："咳！这种度量和见识狭小的人，怎么能算得上呢？"

【原文】

子曰："不得中行①而与之，必也狂狷②乎！狂者进取，狷者有所不为也。"③

【注释】

①行，道也。

②狂者，志极高而行不掩。狷，音绢。狷者，知未及而守有余。

③盖圣人本欲得中道之人而教之，然既不可得，而徒得谨厚之人，则未必能自振拔而有为也。故不若得此狂狷之人，犹可因其志节而激励裁抑之，以进于道，非与其终于此而已也。孟子曰："孔子岂不欲中道哉？不可必得，故思其次也。如琴张、曾皙、牧皮者，孔子之所谓狂也。其志嘐嘐然，曰：'古之人！古之人！'夷考其行而不掩焉者也。狂者又不可得，欲得不屑不洁之士而与之，是狷也，是又其次也。"

【译文】

孔子说："不能和言行合乎中庸的人交往，必然要与狂狷之人交往了。激进者一意向前，狷介者也不肯做坏事。"

【原文】

子曰："南人①有言曰：'人而无恒，不可以作巫医。'善夫！②""不恒其德，或承之羞。③"子曰："不占而已矣。"④

【注释】

①南人，南国之人。

②恒，胡登反，长久也。巫，所以交鬼神。医，所以寄死生。故虽贱役，而犹不可以无常。孔子称其言而善之。夫，音扶。

③此《易·恒卦·九三》爻辞。承，进也。

④复加"子曰"，以别《易》文也，其义未详。杨氏曰："君子于《易》苟玩其占，则知无常之取羞矣。其为无常也，盖亦不占而已矣。"意亦略通。

【译文】

孔子说："南方人有句话是：'人如果没有恒心，不可以作巫医。'说得很好呀！"

〔《易·恒》的爻辞说：〕"三心二意，翻云覆雨，就可能招致羞辱。"孔子说："这句话是叫无恒心的人不必去占卦了。"

【原文】

子曰："君子和①而不同②，小人同而不和。"③

【注释】

①和者，无乖戾之心。

②同者，有阿比之意。

③尹氏曰："君子尚义，故有不同。小人尚利，安得而和？"

【译文】

孔子说："君子是和谐而不会盲目附和，小人只是盲目附和而不会和谐。”

【原文】

子贡问曰：“乡人皆好之，何如？”子曰：“未可也。”“乡人皆恶之，何如？”子曰：“未可也。不如乡人之善者好之，其不善者恶之。”①

【注释】

①好、恶，并去声。一乡之人，宜有公论矣，然其间亦各以类自为好恶也。故善者好之而恶者不恶，则必其有苟合之行，恶者恶之而善者不好，则必其无可好之实。

【译文】

子贡问道：“乡村里的人都喜欢他，这个人怎么样啊？”孔子说：“不能肯定。”

子贡又问道：“乡村里的人都厌恶他，这个人怎样啊？”孔子说：“不能肯定。倒不如乡村里的好人都喜欢他，乡村里的坏人都厌恶他。”

【原文】

子曰：“君子易事而难说也：说之不以道，不说也；及其使人也，器之。小人难事而易说也：说之虽不以道，说也；及其使人也，求备焉。”①

【注释】

①易，去声。说，音悦。器之，谓随其材器而使之也。君子之心公而恕，小人之心私而刻。天理人欲之间，每相反而已矣。

【译文】

孔子说：“在君子手下做事容易，要想博得他喜欢却不容易。不用正当的方法去博取他喜欢，他是不会喜欢的；待到他使用人的时候，却能量才录用。在小人手下做事是很困难的，博得他喜欢却是很容易的。博取他喜欢，虽然用的不是正当的方法，但他还是喜欢的；待到他使用人时，不是量才录用，而是求全责备。”

【原文】

子曰：“君子泰而不骄，小人骄而不泰。”①

【注释】

①君子循理，故安舒而不矜肆。小人逞欲，故反是。

【译文】

孔子说：“君子安详舒泰，却不傲慢放肆；小人傲慢放肆，

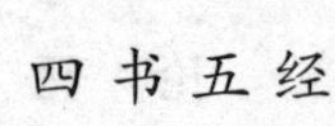

却不安详舒泰。”

【原文】

子曰：“刚、毅，木、讷，近仁。”①

【注释】

①程子曰：“木者，质朴。讷者、迟钝。四者质之近乎仁者也。”杨氏曰：“刚毅则不屈于物欲，木讷则不至于外驰，故近仁。”

【译文】

孔子说：“刚强、果断、朴实、言语谨慎，具有这四种品德的人离仁不远了。”

【原文】

子路问曰：“何如斯可谓之士矣？”子曰：“切切偲偲，怡怡如也，可谓士矣。朋友切切偲偲，兄弟怡怡。”①

【注释】

①胡氏曰：“切切，恳到也。偲偲，详勉也；偲，音私。怡怡，和悦也。皆子路所不足，故告之。又恐其混于所施，则兄弟有贼恩之祸，朋友有善柔之损，故又别而言之。”

【译文】

子路问道："怎样才可以叫做士呢？"孔子说："相互督促，和颜悦色，可以叫做士了。朋友之间，相互督促，兄弟之间，和颜悦色。"

【原文】

子曰："善人教民七年，亦可以即戎矣。"①

【注释】

①教民者，教之以孝弟忠信之行、务农讲武之法。即，就也。戎，兵也。民知亲其上，死其长，故可以即戎。程子曰："'七年'云者，圣人度其时可矣。如云'期月''三年''百年''一世''大国五年''小国七年'之类，皆当思其作为如何乃有益。"

【译文】

孔子说："善人教养人民七年，就可以叫他们去入伍当兵。"

【原文】

子曰："以不教民战，是谓弃之。"①

【注释】

①以，用也。言用不教之民以战，必有败亡之祸，是弃其民也。

【译文】

孔子说："用没有受过军事训练的人民去作战，这就等于让他们白白去送死。"

宪问第十四

【原文】

宪①问耻。子曰："邦有道穀；邦无道穀，耻也。"②

【注释】

①宪，原思名。

②穀，禄也。邦有道不能有为，邦无道不能独善，而但知食禄，皆可耻也。宪之狷介，其于"邦无道穀"之可耻，固知之矣；至于"邦有道穀"之可耻，则未必知也。故夫子因其问而并言之，以广其志，使知所以自勉而进于有为也。

楚狂接舆

【译文】

原宪询问耻，孔子说：“国家清平时领取俸禄，当国家无道时仍然领取俸禄，就是耻。”

【原文】

“克、伐、怨、欲不行焉，可以为仁矣？①”子曰：“可以为难矣，仁则吾不知也。”②

【注释】

①此亦原宪以其所能而问也。克，好胜。伐，自矜。怨，忿恨。欲，贪欲。

②有是四者而能制之，使不得行，可谓难矣。仁则天理

浑然，自无四者之累，"不行"不足以言之也。程子曰："人而无克、伐、怨、欲，惟仁者能之。有之而能制其情，使不行，斯亦难能也，谓之仁则未也。此圣人开示之深，惜乎宪之不能再问也。"或曰："四者不行，固不得为仁矣。然亦岂非所谓克己之事，求仁之方乎？"曰：克去己私以复乎礼，则私欲不留，而天理之本然者得矣。若但制而不行，则是未有拔去病根之意，而容其潜藏隐伏于胸中也。岂克己求仁之谓哉？学者察于二者之间，则其所以求仁之功，益亲切而无渗漏矣。

【译文】

原宪说："好胜、自夸、怨恨、贪欲的行为不去做，能算是仁了吗？"孔子说："能算是难得了，是否仁我就不知道了。"

【原文】

子曰："士而怀居①，不足以为士矣。"

【注释】

①居，谓意所便安处也。

【译文】

孔子说："作为士而留恋安乐，就不足以成为士了。"

【原文】

子曰："邦有道，危言危行；邦无道，危行言孙。"①

【注释】

①危，高峻也。行、孙，并去声。孙，卑顺也。尹氏曰："君子之持身不可变也，至于言则有时而不敢尽，以避祸也。然则为国者使士言孙，岂不殆哉？"

【译文】

孔子说："国家清平，说话正直、行为正直；国家无道，行为正直、说话谦和。"

【原文】

子曰："有德者必有言，有言者不必有德；仁者必有勇，勇者不必有仁。"①

【注释】

①有德者，和顺积中，英华发外。能言者，或便佞口给而已。仁者，心无私累，见义必为。勇者，或血气之强而已。尹氏曰："有德者必有言，徒能言者未必有德也。仁者志必勇，徒能勇者未必有仁也。"

【译文】

孔子说："有德行的人必定会讲理，会讲理的人不一定有德行；有仁德的人必定勇敢，勇敢的人不一定有仁德。"

【原文】

南宫适①问于孔子，曰："羿善射②，奡荡舟③，俱不得其死然。禹稷躬稼而有天下④。"夫子不答，南宫适出。子曰："君子哉！若人。尚德哉！若人。"⑤

【注释】

①适，苦活反。南宫适，即南容也。

②羿：音诣。有穷之君，善射，灭夏后相而篡其位。其臣寒浞又杀羿而代之。

③奡（ào），《春秋传》作"浇"。浞之子也，力能陆地行舟，后为夏后少康所诛。荡，土浪反。

④禹平水土，暨稷播种，身亲稼穑之事。禹受舜禅而有天下，稷之后至周武王亦有天下。

⑤适之意，盖以羿、奡比当世之有权力者，而以禹、稷比孔子也，故孔子不答。然适之言如此，可谓君子之人而有尚德之心矣，不可以不与，故俟其出而赞美之。

【译文】

南宫适问孔子说："羿擅长射箭、奡能陆地行舟，都不得好死。禹、后稷亲自耕种却得到了天下，为什么呢？”孔子不回答。

南宫适退了出去，孔子说：“这个人真是君子啊，这个人真崇尚德行啊！”

【原文】

子曰：“君子而仁者有矣夫[1]，未有小人而仁者也。”

【注释】

[1]夫，音扶。谢氏曰：“君子志于仁矣，然毫忽之间，心不在焉，则未免为一仁也。”

【译文】

孔子说：“作为君子而不仁的人是有的，但从未有作为小人而仁的人。”

【原文】

子曰：“爱之，能勿劳乎？忠焉，能勿诲乎？”

【注释】

[1]苏氏曰：“爱而勿劳，禽、犊之爱也。忠而勿诲，妇、寺之忠也。爱而知劳之，则其为爱也深矣。忠而知诲之，则其为忠也大矣。”

【译文】

孔子说："爱子女，能不让他们勤劳吗？忠于朝廷，能不开导规劝吗？"

【原文】

子曰："为命：裨谌草创之①，世叔讨论之②，行人子羽修饰之③，东里子产润色④之。"⑤

【注释】

①裨，婢之反。谌，氏任反。草，略也。创，造也。谓造为草稿也。

②世叔，游吉也，《春秋传》作子太叔。讨，寻究也。论，讲议也。

③行人，掌使之官。子羽，公孙挥也。修饰，谓增损之。

④东里，地名，子产所居也。润色，谓加以文采也。

⑤裨谌以下四人，皆郑大夫。郑国之为辞命，必更此四贤之手而成，详审精密，各尽所长。是以应对诸侯，鲜有败事。孔子言此，盖善之也。

【译文】

孔子说："郑国制订的政策法令，由裨谌起草草稿，世叔进行探讨推敲，外交官子羽进行修饰，东里子产加工完成。”

【原文】

或问子产。子曰：“惠人也。①”问子西②。曰：“彼哉③！彼哉！”问管仲。曰：“人也。夺伯氏骈邑三百，饭疏食，没齿无怨言。⑤”

【注释】

①子产之政，不专于宽，然其心则一以爱人为主。故孔子以为惠人，盖举其重而言也。

②子西，楚公子申。能逊楚国，立昭王，而改纪其政，亦贤大夫也。然不能革其僭王之号。昭王欲用孔子，又沮止之。其后卒召白公以致祸乱，则其为人可知矣。

③“彼哉”者，外之之辞。

④人也，犹言此人也。

⑤伯氏，齐磊夫。骈邑，地名。齿，年也。盖桓公夺伯氏之邑以与管仲，伯氏自知己罪，而心服管仲之功，故穷约以终身而无怨言。荀卿所谓“与之书社三百，面富人莫之敢拒”者，即此事也。或问：“管仲、子产孰优？”曰：管仲之德，不胜其才。子产之才，不胜其德。然于圣人之学，则概乎其未有闻也。

【译文】

有人问子产怎么样？孔子说：“他是一个施惠于人的人吧。”问子西怎么样，孔子说：“他呀！他呀！”问管仲怎么样，孔子说：“他是个人才呀！剥夺了伯氏骈邑三百户的封地，使伯氏吃粗粮，但伯氏至死没有怨言。”

【原文】

子曰：“贫而无怨难，富而无骄易。”①

【注释】

①易，去声。处贫难，处富易，人之常情。然人当勉其难，而不可忽其易也。

【译文】

孔子说：“贫穷而没有怨言很难做到，富有而不骄傲容易做到。”

【原文】

子曰：“孟公绰为赵、魏老则优，不可以为滕、薛大夫。”①

【注释】

　　①公绰，鲁大夫。赵、魏，晋卿之家。老，家臣之长。大家势重，而无诸侯之事；家老望尊，而无官守之责。优，有余也。滕、薛，二国名。大夫，任国政者。滕、薛国小政繁，大夫位高责重。然则公绰盖廉静寡欲而短于才者也。杨氏曰："知之弗豫，枉其才而用之，则为弃人矣。此君子所以患不知人也。言此，则孔子之用人可知矣。"

【译文】

　　孔子说："孟公绰如果做晋国赵氏、魏氏的家臣则才力有余，但不能做滕国、薛国的大夫。"

【原文】

　　子路问成人①。子曰："若臧武仲之知②，公绰之不欲，卞庄子③之勇，冉求之艺，文之以礼乐，亦可以为成人矣。④"曰⑤："今之成人者何必然？见利思义，见危授命，久要不忘平生之言，亦可以为成人矣。"⑥

【注释】

　　①成人，犹言全人。

　　②武仲，鲁大夫，名纥。知，去声。

　　③庄子，鲁卞邑大夫。

　　④言兼此四子之长，则知足以穷理，廉足以养心，勇足

以力行，艺足以泛应。而又节之以礼，和之以乐，使德成于内而文见乎外，则材全德备，浑然不见一善成名之迹；中正和乐，粹然无复偏倚驳杂之蔽：而其为人也亦成矣。然“亦”之为言，非其至者，盖就子路之所可及而语之也。若论其至，则非圣人之尽人道，不足以语此。

⑤复加“曰”字者，既答而复言也。

⑥授命，言不爱其生，持以与人也。久要，旧约也。平生，平日也。有是忠信之实，则虽其才知礼乐有所未备，亦可以为成人之次也。程子曰：“知之明，信之笃，行之果，天下之达德也。若孔子所谓‘成人’，亦不出此三者。武仲，知也；公绰，仁也；卞庄子，勇也；冉求，艺也。须是合此四人之能，文之以礼乐，亦可以为成人矣。然而论其大成，则不止于此。若今之成人，有忠信而不及于礼乐，则又其次者也。”又曰：“臧武仲之知，非正也。若文之以礼乐，则无不正矣。”又曰：“语成人之名，非圣人孰能之？孟子曰：‘惟圣人然后可以践形。’如此方可以称成人之名。”胡氏曰：“‘今之成人’以下，乃子路之言。盖不复‘闻斯行之’之勇，而有‘终身诵之’之固矣。”未详是否？

【译文】

子路问孔子怎样才是完美无缺的人。孔子说：“聪明像臧武仲，清廉像孟公绰，勇敢像卞庄子，才艺像冉求，再用礼乐加以修饰，也就可以成为全人也了。”接着又说道：“现在的完人何必要这样呢？能够见利思义，遇到危难能够献出生命，长久处于贫困而不忘记平生的诺言，也就可以成为完人了。”

【原文】

　　子问公叔文子于公明贾，曰："信乎夫子不言、不笑、不取乎？①"公明贾对曰："以告者过也。夫子时然后言，人不厌其言；乐然后笑，人不厌其笑；义然后取，人不厌其取。"子曰："其然，岂其然乎？"②

【注释】

　　①公叔文子，卫大夫公孙拔也。公明姓，贾名，亦卫人。文子为人，其详不可知，然必廉静之士，故当时以三者称之。

　　②厌者，苦其多而恶之之辞。事适其可，则人不厌，而不觉其有是矣，是以称之或过，而以为不言、不笑、不取也。然此言也，非礼义充溢于中、得时措之宜者不能。文子虽贤，疑未及此。但君子与人为善，不欲正言其非也，故曰："其然，岂其然乎？"盖疑之也。

【译文】

　　孔子向公明贾询问公叔文子的为人说："老夫子真的是不说、不笑、不收取钱财吗？"公明贾回答说："给你说这话的人说得太过分了。夫子把握准时机，然后才讲话，所以人们并不讨厌他的话。内心快活，然后才笑，所以人们并不讨厌他的笑。该取钱财时才取，所以别人不讨厌他取财。"孔子说："是这样吗？难道真的是这样吗？"

【原文】

子曰："臧武仲以防[1]求为后于鲁，虽曰不要[2]君，吾不信也。"[3]

【注释】

①防，地名，武仲所封邑也。

②要，阴平，有挟而求也。

③武仲得罪奔邾，自邾如防，使请立后而避邑。以示若不得请，则将据邑以叛，是要君也。范氏曰："要君者无上，罪之大者也。武仲之邑，受之于君。得罪出奔，则立后在君，非己所得专也。而据邑以请，由其好知而不好学也。"杨氏曰："武仲卑辞请后，其迹非要君者，而意实要之。夫子之言，亦《春秋》诛意之法也。"

【译文】

孔子说："臧武仲凭借他的封地防城请求鲁君为他的儿孙封官，虽然有人说他不是要挟君主，我是不肯相信的。"

【原文】

子曰："晋文公谲而不正，齐桓公正而不谲。"[1]

【注释】

①晋文公，名重耳。谲，古穴反，音决，诡也。齐桓公，名小

白。二公皆诸侯盟主，攘夷狄以尊周室者也。虽其以力假仁，心皆不正，然桓公伐楚，仗义执言，不由诡道，犹为彼善于此。文公则伐卫以致楚，而阴谋以取胜，其谲甚矣。二君他事亦多类此，故夫子言此以发其隐。

【译文】

孔子说：“晋文公诡诈，不正派；齐桓公正派，不诡诈。”

【原文】

子路曰：“桓公杀公子纠，召忽死之，管仲不死。”曰：“未仁乎？①”子曰：“桓公九②合诸侯，不以兵车③，管仲之力也。如其仁！如其仁！④”

【注释】

①纠，居黝反。召，音邵。按《春秋传》，齐襄公无道，鲍叔牙奉公子小白奔莒。及无知弑襄公，管夷吾、召忽奉公子纠奔鲁。鲁人纳之，未克，而小白入，是为桓公。使鲁杀子纠而请管、召，召忽死之，管仲请囚。鲍叔牙言于桓公以为相。子路疑管仲忘君事雠，忍心害理，不得为仁也。

②九，《春秋传》作“纠”，督也，古字通用。

③“不以兵车”，言不假威力也。

④“如其仁”，言谁如其仁者，又再言以深许之。盖管

仲虽未得为仁人，而其利泽及人，则有仁之功矣。

金人铭背

【译文】

子路说："齐桓公杀死了公子纠，召忽因此而自杀，管仲没有死。"又问："管仲不算仁德之人吧？"孔子说："齐桓公多次召集诸侯会盟，没有使用武力，这是管仲的功劳。这就是他的仁德，这就是他的仁德！"

【原文】

子贡曰："管仲非仁者与？桓公杀公子纠，不能死，又相之。①"子曰："管仲相桓公，霸②诸侯，一匡天下③，民到于今受其赐。微④管仲，吾其被发左衽⑤矣。岂若匹夫匹妇之为谅⑥也，自经⑦于沟渎而莫之知⑧也。"

【注释】

①与，阴平。相，去声。子贡意：不死犹可，相之则已甚矣。

②霸，与伯同，长也。

③匡，正也。尊周室，攘夷狄，皆所以正天下也。

④微，无也。

⑤被，皮寄反。衽，汝审反，衣衿也。被发左衽，夷狄之俗也。

⑥谅，小信也。

⑦经，缢也。

⑧莫之知，人不知也。《后汉书》引此文，"莫"字上有"人"字。程子曰："桓公，兄也。子纠，弟也。仲私于所事，辅之以争国，非义也。桓公杀之虽过，而纠之死实当。仲始与之同谋，遂与之同死，可也；知辅之争为不久，将自免以图后功，亦可也。故圣人不责其死而称其功。若使桓弟而纠兄，管仲所辅者正，桓夺其国而杀之，则管仲之与桓，不可同世之雠也；若计其后功而与其事桓，圣人之言，无乃害义之甚，启万世反覆不忠之乱乎？如唐之王珪、魏徵，不死建成之难，而从太宗，可谓害于义矣；后虽有功，何足赎哉？"愚请管仲有功而无罪，故圣人独称其功；王、魏先有罪而后有功，则不以相掩可也。

【译文】

子贡说："管仲不是仁人吧？桓公杀了他的主人公子纠，

他没有死，却当了齐桓公的相。"孔子说："管仲为相辅佐桓公，称霸诸侯，匡正了混乱的天下，人民到了今天都享受着他的好处。如果没有管仲，我们今天也会披散头发，衣襟向左开了，他难道要像普通人一样遵守小节，在山沟里自杀而没有人知道吗？"

【原文】

公叔文子之臣大夫僎，与文子同升诸公①。子闻之曰："可以为文矣。"②

【注释】

①臣，家臣。僎，音赚。公，公朝。谓荐之与己同进为公朝之臣也。文者，顺理而成章之谓。谥法亦有所谓"锡民爵位曰文"者。洪氏曰："家臣之贱而引之使与己并，有三善焉：知人，一也；忘己，二也；事君，三也。"

【译文】

公叔文子的家臣大夫僎，由于文子的举荐和文子一起做了卫国的大臣。孔子听说这件事后，说："这个人可以给他'文'的谥号了。"

【原文】

子言卫灵公之无道也，康子曰："夫①如是，奚而不

404

丧②？”孔子曰：“仲叔圉③治宾客，祝鮀治宗庙，王孙贾治军旅④。夫如是，奚其丧？”⑤

【注释】

①夫，音扶。

②丧，去声，失位也。

③仲叔圉，即孔文子也。

④三人皆卫臣，虽未必贤，而其才可用。灵公用之，又各当其才。

⑤尹氏曰：“卫灵公之无道，宜丧也；而能用此三人，犹足以保其国。而况有道之君，能用天下之贤才者乎？《诗》曰：‘无竞维人，四方其训之。’”

【译文】

孔子谈到卫灵公的无道，季康子问：“既然如此，他的国家怎么没有败亡呢？”孔子说：“他有仲叔圉应对宾客，祝鮀管理宗庙祭祀，王孙贾统率军队。他们都是贤臣，像这样，怎么会败亡呢？”

【原文】

子曰：“其言之不怍，则为之也难。”①

【注释】

①大言不惭，则无必为之志，而不自度其能否矣。欲践

其言，岂不难哉？

【译文】

孔子说："如果一个人大言不惭，那么要实践他的话也是很难的。"

【原文】

陈成子弑简公①。孔子沐浴而朝②，告于哀公曰："陈恒弑其君，请讨之。③"公曰："告夫三子！④"孔子曰："以吾从大夫之后，不敢不告也。君曰：'告夫三子'者？⑤"之三子告，不可。孔子曰："以吾从大夫之后，不敢不告也。"⑥

【注释】

①成子，齐大夫，名恒。简公，齐君，名壬。事在《春秋》哀公十四年。

②朝，音潮。是时孔子致仕居鲁，沐浴斋戒以告君，重其事而不敢忽也。

③臣弑其君，人伦之大变，天理所不容，人人得而诛之，况邻国乎？故夫子虽已告老，而犹请哀公讨之。

④夫，音扶，下"告夫"同。三子，三家也。时政在三家，哀公不得自专，故使孔子告之。

⑤孔子出而自言如此，意谓：弑君之贼，汉所必讨。大夫谋国，义所当告。君乃不能自命三子，而使我告之邪？

406

⑥以君命往告，而三子鲁之强臣，素有无君之心，实与陈氏声势相倚，故沮其谋。而夫子复以此应之，其所以警之者深矣。程子曰："左氏记孔子之言曰：'陈恒弑其君，民之不予者半。以鲁之众，加齐之半，可克也。'此非孔子之言。诚若此言，是以力不以义也。若孔子之志，必将正名其罪，上告天子，下告方伯，而率与国以讨之。至于所以胜齐者，孔子之余事也，岂计鲁人之众寡战？当是时，天下之乱极矣，因是足以正之，周室其复兴乎？鲁之君臣，终不从之，可胜惜哉！"胡氏曰："《春秋》之法：弑君之贼，人得而讨之。仲尼此举，先发后闻可也。"

【译文】

陈成子杀了齐简公。孔子庄重地沐浴斋戒后上朝廷朝见鲁哀公，告诉哀公说："陈恒杀了他的君主，请你出兵讨伐他。"哀公说："你去向三位大夫报告吧！"

孔子退朝后说："因为我曾经做过大夫，不敢不来报告，君主却说'去报告那三位大夫'吧！"

孔子于是又去向三位大夫报告了，三家大夫都不同意出兵讨伐。孔子说："因为我曾经做过大夫，不敢不报告啊。"

【原文】

子路问事君。子曰："勿欺也，而犯之。"①

【注释】

①犯，谓犯颜谏争。范氏曰："犯非子路之所难也，而以不欺为难。故夫子教以先勿欺而后犯也。"

【译文】

子路问怎样事奉君主。孔子说："不要欺骗他，但可以直言规劝他。"

【原文】

子曰："君子上达。小人下达。"①

【注释】

①君子循天理，故日进乎高明。小人徇人欲，故日究乎污下。

【译文】

孔子说："君子通达于仁义，小人通达于财利。"

【原文】

子曰："古之学者为己，今之学者为人。"①

【注释】

①为，去声。程子曰："为己，欲得之于己也。为人，欲见知于人也。"程子曰："古之学者为己，其终至于成物。今之学者为人，其终至于丧己。"愚按：圣贤论学者用心得失之际，其说多矣，然未有如此言之切而要者。于此明辨而日省之，则庶乎其不昧于所从矣。

【译文】

孔子说："古代求学的人是为了充实提高自己的道德学问，现在求学的人是为了装饰给别人看而学。"

【原文】

蘧伯玉使人于孔子①。孔子与之坐②而问焉，曰："夫子③何为？"对曰："夫子欲寡其过而未能也。"使者出。子曰："使乎！使乎！"④

【注释】

①蘧伯玉，卫大夫，名瑗。使，去声，下同。孔子居卫，尝主于其家。既而反鲁，故伯玉使人来也。

②与之坐，敬其主以及其使也。

③夫子，指伯玉也。

④言其但欲寡过而犹未能，则其省身克己、常若不及之

意可见矣。使者之言愈自卑约，而其主之贤益彰，亦可谓深知君子之心而善于辞令者矣，故夫子再言"使乎"以重美之。按庄周称"伯玉行年五十而知四十九年之非"，又曰："伯玉行年六十而六十化。"盖其进德之功，老而不倦，是以践履笃实，光辉宣著。不惟使者知之，而夫子亦信之也。

【译文】

蘧伯玉派一个使者去孔子那里拜访。孔子让他坐下问道："近年来他老先生在做什么呀？"使者回答说："他老先生想减少自己的过错却还没能做到。"

使者告辞出去后，孔子说："好一位使者！真是一位好使者！"

【原文】

子曰："不在其位，不谋其政。"①

【注释】

①重出。

【译文】

孔子说："不在那个职位上，就不要考虑那个职位方面的政事。"

【原文】

曾子曰："君子思不出其位。"①

【注释】

①此《艮卦》之象辞也。曾子盖尝称之，记者因上章之语而类记之也。范氏曰："物各止其所，而天下之理得矣。故君子所思不出其位，而君臣、上下、大小皆得其职也。"

【译文】

曾子说："君子所思考的问题应不超出自己的职权范围。"

【原文】

子曰："君子耻①其言而过②其行。"③

【注释】

①耻者，不敢尽之意。

②过者，欲有余之辞。

③行，去声。

【译文】

孔子说："君子以说得到而做不到为耻。"

【原文】

子曰："君子道者三，我无能焉：仁者不忧，知[1]者不惑，勇者不惧。[2]"子贡曰："夫子自道[3]也。"

【注释】

[1]知，去声。

[2]自责以勉人也。尹氏曰："成德以仁为先，进学以知为先。故夫子之言，其序有不同者以此。"

[3]道，言也。自道，犹云谦辞。

【译文】

孔子说："君子所应遵循的三条原则我都没有做到：有仁德的人不忧虑，有智慧的人不迷惑，有勇敢的人不畏惧。"子贡说："老师说的君子正是他自己。"

【原文】

子贡方[1]人。子曰："赐也贤乎哉[2]？夫[3]我则不暇。"[4]

【注释】

[1]方，比也。

[2]乎哉，疑辞。

[3]夫，音扶。

④比方人物而较其短长，虽亦穷理之事，然专务为此，则心驰于外，而所以自治者疏矣。故褒之而疑其辞，复自贬以深抑之。谢氏曰："圣人责人，辞不迫切而意已独至如此。"

【译文】

子贡指责别人。孔子说："赐呀！你很不错了吗？我可没有这闲工夫。"

【原文】

子曰："不患人之不己知，患其不能也。"①

【注释】

①凡章指同而文不异者，一言而重出也；文小异者，屡言而各出也。此章凡四见，而文皆有异，则圣人于此一事，盖屡言之，其丁宁之意亦可见矣。

【译文】

孔子说："不要忧虑别人不了解自己，应该忧虑自己没有能力。"

【原文】

子曰："不逆诈①，不亿不信②。抑③亦先觉者，是贤

武城弦歌

乎！④”

【注释】

①逆，未至而迎之也。诈，谓人欺己。

②亿，未见而意之也。不信，谓人疑己。

③抑，反语辞。

④言虽不逆不亿，而于人之情伪，自然先觉，乃为贤也。杨氏曰：“君子一于诚而已，然未有诚而不明者。故虽不逆诈、不亿不信，而常先觉也。若夫不逆不亿而卒为小人所罔焉，斯亦不足观也已。”

【译文】

孔子说：“不预先怀疑别人行诈，不主观臆测别人不诚实，但又能及早察觉，这人才真是贤人吧！”

414

【原文】

微生亩①谓孔子曰："丘何为是栖栖②者与③？无乃为佞④乎？"孔子曰："非敢为佞也，疾固也。"⑤

【注释】

①微生，姓；亩，名也。亩名呼夫子而辞甚倨，盖有齿德而隐者。

②栖栖，依依也。

③与，阴平。

④为佞，言其务为口给以悦人也。

⑤疾，恶也。固，执一而不通也。圣人之于达尊，礼恭而言直如此，其警之亦深矣。

【译文】

微生亩对孔子说："你为何这般忙碌奔走呢？莫非要逞你的口才吗？"孔子说："我并不敢逞自己的口才，而是痛恨那种顽固不化的人。"

【原文】

子曰："骥①不称其力，称其德②也。"③

【注释】

①骥，善马之名。

②德，谓调良也。

③尹氏曰：“骥虽有力，其称在德。人有才而无德，则亦奚足尚哉？”

【译文】

孔子说：“用骥来称千里马，并不是赞美它的气力，而是赞美它的品德。”

【原文】

或曰：“以德报怨，何如？^①”子曰：“何以报德^②？以直报怨，以德报德。^③”

【注释】

①或人所称，今见《老子》书。德，谓恩惠也。

②言于其所怨，既以德报之矣；则人之有德于我者，又将何以报之乎？

③于其所怨者，爱憎取舍，一以至公而无私，所谓直也。于其所德者，则必以德报之，不可忘也。或人之言，可谓厚矣。然以圣人之言观之，则见其出于有意之私，而怨德之报皆不得其平也。必如夫子之言，然后二者之报各得其所。然怨有不雠，而德无不报，则又未尝不厚也。此章之言，明白简约，而其指意曲折反复，如造化之简易易知，而微妙无穷，学者所宜详玩也。

【译文】

有人说："用恩德回报怨恨，怎么样？"孔子说："那用什么回报恩德呢？用公正回报怨恨，用恩德回报恩德。"

【原文】

子曰："莫我知也夫！①"子贡曰："何为其莫知子也？"子曰："不怨天，不尤人。下学而上达。知我者其天乎！"②

【注释】

①夫子自叹，以发子贡之问也。夫，音扶。

②不得于天而不怨天，不合于人而不尤人，但知下学而自然上达。此但自言其反己自修，循序渐进耳，无以甚异于人而致其知也。然深味其语意，则见其中自有人不及知而天独知之之妙。盖在孔门，惟子贡之智几足以及此，故特语以发之。惜乎其犹有所未达也！程子曰："不怨天，不尤人，在理当如此。"又曰："下学上达，意在言表。"又曰："学者须守下学上达之语，乃学之要。盖凡下学人事，便是上达天理。然习而不察，则亦不能以上达矣。"

【译文】

孔子说："没有人了解我啊！"子贡说："为什么说没有人了解您呢？"孔子说："不怨恨上天，不责怪别人，学习平常的知识而懂得高深的道理，了解我的只有上天吧！"

【原文】

公伯寮①愬子路于季孙。子服景伯②以告，曰："夫子固有惑志于公伯寮③，吾力犹能肆诸市朝。④"子曰："道之将行也与⑤？命也。道之将废也与？命也。公伯寮其如命何！"⑥

【注释】

①公伯寮，鲁人。

②子服，氏；景，谥；伯，字。鲁大夫子服何也。

③夫子，指季孙。言其有疑于寮之言也。

④肆，陈尸也。言欲诛寮。朝，音潮。

⑤与，阴平。

⑥谢氏曰："虽寮之愬行，亦命也。其实寮无如之何。"愚谓言此以晓景伯，安子路，而警伯寮耳。圣人于利害之际，则不待决于命而后泰然也。

【译文】

公伯寮对季孙说子路的坏话。子服景伯将这事告诉了孔子，并说："他老人家已经受了公伯寮的蛊惑，（开始对子路不满了。）但我还有能力使公伯寮陈尸街头示众。"孔子说："如果我的主张将会实现，我听之于命运；如果我的主张永被废置，我也听之于命运。公伯寮能影响我的命运吗？"

【原文】

子曰："贤者辟世①，其次辟地②，其次辟色③，其次辟言。"

【注释】

①辟，去声，下同。天下无道而隐，若伯夷、太公是也。

②去乱国，适治邦。

③礼貌衰而去。

【译文】

孔子说："有些贤人逃避尘世（而归隐），次一等的逃避不好的地域（而迁居），再次一等的避免看到别人不好的脸色，再次一等的避免听到别人的恶言。"

【原文】

子曰："作者七人矣①。"

【注释】

①李氏曰："作，起也。言起而隐去者，今七人矣。不可知其谁何。必求其人以实之，则凿矣。"

【译文】

孔子说："已经有七人这样做了。"

【原文】

子路宿于石门[1]。晨门[2]曰："奚自？[3]"子路曰："自孔氏。"曰："是知其不可而为之者与？"[4]

【注释】

①石门，地名。

②晨门，掌晨启门，盖贤人隐于抱关者也。

③自，从也。问其何所从来也。

④与，阴平。胡氏曰："晨门知世之不可而不为，故以是讥孔子。然不知圣人之视天下，无不可为之时也。"

【译文】

子路在石门住了一宿，看门人问道："从哪儿来？"子路说："从孔家。"看门人说："就是那位知道无法做到却还要去做的人吗？"

【原文】

子击磬[1]于卫。有荷蒉而过孔氏之门者，曰："有心哉！

击磬乎！”②既而曰：“鄙哉！硁硁乎！莫己知也，斯已而已矣③。深则厉，浅则揭。④”子曰：“果哉！末之难矣。”⑤

【注释】

①磬，乐器。

②荷，去声，担也。蒉，草器也。此荷蒉者，亦隐士也。圣人之心未尝忘天下，此人闻其磬声而知之，则亦非常人矣。

③硁，苦耕反。硁硁，石声，亦专确之意。“莫己”之己，音纪，馀音以。

④揭，起例反。以衣涉水曰厉，摄衣涉水曰揭。此两句，《卫风·匏有苦叶》之诗也。讥孔子人不知己而不止，不能适浅深之宜。

⑤“果哉”，叹其果于忘世也。末，无也。圣人心同天地，视天下犹一家，中国犹一人，不能一日忘也。故闻荷蒉之言，而叹其果于忘世；且言人之出处若但如此，则亦无所难矣。

【译文】

孔子在卫国，有一天正敲着磬，有位挑着草筐经过孔子门前的人说：“这磬敲得有深意啊！”接下来又说：“这硁硁的磬声真鄙薄啊！（它好像在说没有人了解自己，）既然认为没有人了解自己，就自己了解自己好了。‘水深就索性连衣裳涉过去，水浅不妨提起衣裳涉过去。’”孔子听了，说：“真坚决！没法反驳他了。”

【原文】

子张曰："《书》云：'高宗谅阴①，三年不言。'何谓也？"子曰："何必高宗？古之人皆然。君薨，百官总己以听于冢宰三年。"②

【注释】

①高宗，商王武丁也。谅阴，天子居丧之名，未详其义。

②言君薨，则诸侯亦然。总己，谓总摄己职。冢宰，太宰也。百官听于冢宰，故君得以三年不言也。胡氏曰："位有贵贱，而生于父母无以异者。故三年之丧，自天子达于庶人。子张非疑此也，殆以为人君三年不言，则臣下无所禀令，祸乱或由以起也。孔子告以听于冢宰，则祸乱非所忧矣。"

【译文】

子张问道："《尚书》上说：'高宗服丧，三年不言语。'这是什么意思？"孔子说："岂止高宗，古代的人都是这样。国君死了，新君三年不问政事，所有部门的官员总聚自己的职事以听命于宰相。"

【原文】

子曰："上好礼，则民易使也。"①

【注释】

①好、易，皆去声。谢氏曰："礼达而分定，故民易使。"

【译文】

孔子说："在上位者重视礼，老百姓就容易听使唤。"

【原文】

子路问君子。子曰："修己以敬。"曰："如斯而已乎？"曰："修己以安人。"曰："如斯而已乎？"曰："修己以安百姓。修己以安百姓，尧、舜其犹病诸！"①

【注释】

①"修己以敬"，夫子之言至矣尽矣，而子路少之。故再以其充积之盛、自然及物者告之，无他道也。"人"者，对"己"而言。"百姓"，则尽乎人矣。"尧、舜犹病"，言不可以有加于此，以抑子路，使反求诸近也。盖圣人之心无穷，世虽极治，然岂能必知四海之内果无一物不得其所哉？故尧、舜犹以安百姓为病，若曰"吾治已足"，则非所以为圣人矣。程子曰："君子修己以安百姓，笃恭而天下平。惟上下一于恭敬，则天地自位，万物自育，气无不和，而四灵毕至矣。

此体信达顺之道，聪明睿知皆由是出，以此事天飨帝。"

【译文】

子路问怎样才算得上君子。孔子曰："修养自己，严肃地对待工作。"子路说："这样就行了吗？"孔子说："修养自己，使上层人物得到安乐。"子路说："这样就行了吗？"孔子说："修养自己，使老百姓得到安乐。修养自己而使老百姓得到安乐，即使尧舜也难以做到吧？"

【原文】

原壤夷俟①。子曰："幼而不孙弟②，长③而无述④焉，老而不死，是为贼⑤！"以杖叩其胫。⑥

【注释】

①原壤，孔子之故人。母死而歌，盖老氏之流，自放于礼法之外者。夷，蹲踞也。俟，待也。言见孔子来而蹲踞以待之也。

②孙、弟，并去声。

③长，上声。

④述，犹称也。

⑤贼者，害人之名。以其自幼至长，无一善状，而久生于世，徒足以败常乱俗，则是贼而已矣。

⑥叩，音口。胫，胡定反，足骨也。孔子既责之，而因

以所曳之杖，微击其胫，若使勿蹲踞然。

【译文】

原壤双腿前伸坐在地上等待孔子。孔子说："你年幼时不知尊敬别人，长大后德行无可称述，现在老了还赖着活在世上，这就叫害人虫。"说着用拐杖敲他向前伸出的一条腿。

【原文】

阙党童子将命①。或问之曰："益者与？②"子曰："吾见其居于位也，见其与先生并行也，非求益者也，欲速成者也。"③

【注释】

①阙党，党名。童子，未冠者之称。将命，谓传宾主之言。

②与，阴平。或人疑此童子学有进益，故孔子使之传命以宠异之也。

③礼：童子当隅坐，随行。孔子言：吾见此童子不循此礼，非能求益，但欲速成尔。故使之给使令之役，观长少之序，习揖逊之容，盖所以抑而教之，非宠而异之也。

【译文】

阙党的一个童子来向孔子传话。有人问孔子："他是追求上进的人吗？"孔子说："我只见他（心安理得地）坐在成年人的位子上，只见他同成人并肩而行。他并不是追求上进的人，而是急于取得成人地位的人。"

卷　八

卫灵公第十五

【原文】

卫灵公问陈①于孔子。孔子对曰："俎豆②之事，则尝闻之矣；军旅之事，未之学也。"明日遂行。③在陈④绝粮，从⑤者病，莫能兴⑥。子路愠见⑦，曰："君子亦有穷乎？"子曰："君子固穷，小人穷斯滥矣。"⑧

【注释】

①陈，去声，谓军师行伍之列。

②俎豆，礼器。

③尹氏曰："卫灵公，无道之君也，复有志于战伐之事。故答以未学而去之。"

④孔子去卫适陈。

⑤从，去声。

⑥兴，起也。

⑦见，贤遍反。

⑧何氏曰："滥，溢也。言君子固有穷时，不若小人穷则放溢为非。"程子曰："固穷者，固守其穷。"亦通。愚谓圣人当行而行，无所顾虑，处困而亨，无所怨悔，于此可见。学者宜深味之。

【译文】

卫灵公向孔子问行军布阵的方法。孔子回答说："礼仪方面的事，我是知道的；军队打仗一类事情，我不曾学过。"第二天孔子便离开卫国。

孔子在陈国时断绝了粮食，跟随他的学生都饿病了，爬不起来。子路满脸的不高兴来见孔子说："君子也有穷困的时候吗？"孔子说："君子能安守穷困，小人穷困时就会胡作非为。"

【原文】

子曰："赐也，女以予为多学而识之者与？①"对曰："然。非与？②"曰："非也。予一以贯之。"③

【注释】

①女，音汝。识，音志。与，阴平，下同。子贡之学，

多而能识矣。夫子欲其知所本也，故问以发之。

②方信而忽疑，盖其积学功至，而亦将有得也。

③说见第四篇。然彼以行言，而此以知言也。谢氏曰："圣人之道大矣，人不能遍观而尽识，宜其以为多学而识之也。然圣人岂务博者哉？如天之于众形，匪物物刻而雕之也。故曰：'予一以贯之。''德輶如毛，毛犹有伦。上天之载，无声无臭。至矣！'"尹氏曰："孔子之于曾子，不待其问

杏坛礼乐

而直告之以此，曾子复深谕之曰'唯'。若子贡，则先发其疑而后告之，而子贡终亦不能如曾子之'唯'也。二子所学之浅深。于此可见。"愚按：夫子之于子贡，屡有以发之，而他人不与焉。则颜、曾以下诸子所学之浅深，又可见矣。

【译文】

孔子说："赐呀！你以为我是多学多记的人吗？"子贡回

答说：“对呀，难道不是这样吗？”孔子说：“不是的，我是用一个基本观点把它们贯穿起来的。”

【原文】

子曰：“由①！知德②者鲜③矣。”④

【注释】

①由，呼子路之名而告之也。

②德，谓义理之得于己者。非已有之，不能知其意味之实也。

③鲜，上声。

④自第一章至此，疑皆一时之言。此章盖为“愠见”发也。

【译文】

孔子说：“仲由！懂得德的人太少了。”

【原文】

子曰：“无为而治者，其舜也与①？夫②何为哉？恭己正南面而已矣。③”

【注释】

①无为而治者，圣人德盛而民化，不待其有所作为也。

独称舜者，绍尧之后，而又得人以任众职，故尤不见其有为之迹也。与，阴平。

②夫，音扶。

③恭己者，圣人敬德之容。既无所为，则人之所见如此而已。

【译文】

孔子说："能够没有作为天下自然太平的人大概只有舜吧？他干了些什么呢？只见他庄严端正地坐在朝廷上罢了。"

【原文】

子张问行①。子曰："言忠信，行笃敬，虽蛮貊之邦行矣；言不忠信，行不笃敬，虽州里行乎哉②？立，则见其参于前也，在舆则见其倚于衡也，夫然后行。③"子张书诸绅。④

【注释】

①犹"问达"之意也。

②"行笃""行不"之行，去声。笃，厚也。蛮，南蛮。貊，北狄。二千五百家为州。子张意在得行于外，故夫子反于身而言之，犹答"干禄""问达"之意也。

③"其"者，指忠信、笃敬而言。参，七南反，读如"毋往参焉"之参，言与我相参也。衡，轭也。夫，音扶。言其于忠信、笃敬念念不忘，随其所在，常若有见，虽欲顷

刻离之而不可得；然后一言一行，自然不离于忠信、笃敬，而蛮貊可行也。

④绅，大带之垂者。书之，欲其不忘也。程子曰："学要鞭辟近里，著己而已。博学而笃志，切问而近思；言忠信，行笃敬；立则见其参于前，在舆则见其倚于衡：即此是学。质美者明得尽，渣滓便浑化，却与天地同体。其次惟庄敬以持养之，及其至则一也。"

【译文】

子张问一个人怎样才能行得通。孔子说："说话要讲求忠信，行为谨慎，即使到了文化不发达的蛮貊那样的国家，也是行得通的。说话不讲忠信，行为不谨慎，即使在自己家乡的地方，难道能行得通吗？立着的时候，忠信笃敬几个字就好像在面前；乘车时，就好像看见这几个字刻在车前的横木上。这样才使自己能行得通。"子张把这些话写在自己腰间的大带子上。

【原文】

子曰："直哉史鱼！邦有道如矢[1]邦无道如矢。君子哉蘧伯玉！邦有道，则仕；邦无道，则可卷而怀之。[2]"

【注释】

①史鱼，卫大夫，亦作史鰌。如矢，言直也。史鱼

自以不能进贤、退不肖，既死犹以尸谏，故夫子称其直。事见《家语》。

②伯玉出处，合于圣人之道，故曰君子。卷，收也。怀，藏也。如于孙林父、宁殖放弑之谋，不对而出，亦其事也。杨氏曰："史鱼之直，未尽君子之道。若蘧伯玉，然后可免于乱世。若史鱼之如矢，则虽欲卷而怀之，有不可得也。"

【译文】

孔子说："史鱼好正直啊！国家清明像箭一样直；国家无道时也像箭一样直。蘧伯玉真是一个君子啊！国家清明时就出来做官，国家无道时就隐退。"

【原文】

子曰："可与言而不与之言，失人；不可与言而与之言，失言。知①者不失人，亦不失言。"

【注释】

①知，去声。

【译文】

孔子说："可以与他说话，却没有与他说话，这是错过人才；不可以与他说话，却与他说话，这是说错了话。智慧的人既不错过人才，也不会说错话。”

【原文】

子曰：“志士仁人，无求生以害仁，有杀身以成仁。”①

【注释】

①志士，有志之士。仁人，则成德之人也。理当死而求生，则于其心有不安矣，是害其心之德也。当死而死，则心安而德全矣。程子曰：“实理得之，于心自别。实理者，实见得是，实见得非也。古人有捐躯陨命者，若不实见得，恶能如此？须是实见得生不重于义、生不安于死也，故有杀身以成仁者，只是成就一个'是'而已。”

【译文】

孔子说：“有志之士，仁德之人，没有为了偷生而损坏仁德的，只有牺牲自己生命去保全仁德的。”

【原文】

子贡问为仁，子曰：“工欲善其事，必先利其器。居是邦也，事其大夫之贤者，友其士之仁者。”①

【注释】

①贤以事言，仁以德言。夫子尝谓子贡悦不若己有，故

以是告之，欲其有所严惮切磋以成其德也。程子曰："子贡问'为仁'，非问'仁'也，故孔子告之以为仁之资而已。"

【译文】

子贡问怎样培养仁德。孔子说："工匠想要做好他的工作，就必须先磨好他的工具。我们住在这个国家里，要事奉大夫中的贤能的人，结交那些士人中仁德的人。"

【原文】

颜渊问为邦①。子曰："行夏之时②，乘殷之辂③，服周之冕④，乐则《韶》《舞》⑤。放郑声⑥，远佞人⑦。郑声淫，佞人殆⑧。"

【注释】

①颜子王佐之才，故问治天下之道。曰"为邦"者，谦辞。

②夏时，谓以斗柄初昏，建寅之月为岁首也。天开于子，地辟于丑，人生于寅，故斗柄建此三辰之月，皆可以为岁首。而三代迭用之，夏以寅为人正，商以丑为地正，周以子为天正也。然时以作事，则岁月自当以人为纪，故孔子尝曰："吾得夏时焉。"而说者以为谓《夏小正》之属。盖取其时之正与其令之善，而于此又以告颜子也。

③辂，音路，亦作路。商辂，木辂也。辂者，大车之名。

古者以木为车而已，至商而有辂之名，盖始异其制也。周人饰以金玉，则过侈而易败，不若商辂之朴素浑坚而等威已辨，为质而得其中也。

④周冕有五，祭服之冠也。冠上有覆，前后有旒。黄帝以来，盖已有之，而制度仪等，至周始备。然其为物小，而加于众体之上，故虽华而不为靡，虽费而不及奢。夫子取之，盖亦以为文而得其中也。

⑤取其尽善尽美。

⑥放，谓禁绝之。郑声，郑国之音。

⑦远，上声。佞人，卑谄辩给之人。

⑧殆，危也。程子曰："问政多矣，惟颜渊告之以此。盖三代之制，皆因时损益，及其久也，不能无弊。周衰，圣人不作，故孔子斟酌先王之礼，立万世常行之道，发此以为之兆尔。由是求之，则馀皆可考也。"张子曰："礼乐，治之法也。放郑声，远佞人，法外意也。一日不谨，则法坏矣。虞夏君臣更相饬戒，意盖如此。"又曰："法立而能守，则德可久，业可大。郑声、佞人，能使人丧其所守，故放远之。"尹氏曰："此所谓百王不易之大法。孔子之作《春秋》，盖此意也。孔、颜虽不得行之于时，然其为治之法，可得而见矣。"

【译文】

颜渊询问怎样治理邦国。孔子说："用夏代的历法，坐商代的车子，戴周代的礼帽，乐舞用《韶》《舞》。舍弃郑国的乐曲，斥退小人。郑国的乐曲荒淫，小人危险。"

【原文】

子曰："人无远虑，必有近忧。"①

【注释】

①苏氏曰："人之所履者，容足之外，皆为无用之地，而不可废也。故虑不在千里之外，则患在几席之下矣。"

【译文】

若没有深远的谋划，就会有即将到来的忧愁。

【原文】

子曰："已矣乎①！吾未见好②德如好色者也。"

【注释】

①已矣乎，叹其终不得而见之也。
②好，去声。

【译文】

孔子说："完了啊！我没有见过喜好德行像喜欢美色一样的人呢。"

【原文】

子曰：“臧文仲其窃位①者与②？知柳下惠③之贤，而不与立④也。”

【注释】

①窃位，言不称其位而有愧于心，如盗得而阴据之也。

②“者与”之与，阴平。

③柳下惠，鲁大夫展获，字禽，食邑柳怔，谥曰惠。

④与立，谓与之并立于朝。范氏曰：“臧文仲为政于鲁，若不知贤，是不明也；知而不举，是蔽贤也。不明之罪小，蔽贤之罪大。故孔子以为不仁，又以为窃位。”

克复传颜

【译文】

孔子说："臧文仲可能是个做官不管事的人吧？他明知柳下惠是个贤良的人而不举用他到朝廷做官。"

【原文】

子曰："躬自厚而薄责于人，则远①怨矣。"②

【注释】

①远，上声。

②责己厚，故身益修；责人薄，故人易从。所以人不得而怨之。

【译文】

孔子说："多责备自己而少责备别人，则怨恨自然不会来了。"

【原文】

子曰："不曰'如之何，如之何'者，吾末如之何也已矣。"①

【注释】

①"如之何，如之何"者，熟思而审处之辞也。不如是

而妄行，虽圣人亦无如之何矣。

【译文】

孔子说："办事不说'怎么办，怎么办'的人，我也不知道对他们怎么办了。"

【原文】

子曰："群居终日，言不及义，好行小慧①，难矣哉②！"

【注释】

①好，去声。小慧，私智也。言不及义，则放辟邪侈之心滋。好行小慧，则行险侥纯之机熟。

②"难矣哉"者，言其无以入德，而将有患害也。

【译文】

孔子说："终日同大家聚在一起，说话不合道理，好耍小聪明，这种人难以有什么成就！"

【原文】

子曰："君子义以为质，礼以行之，孙以出之，信以成之。君子哉！"①

【注释】

①孙，去声。义者制事之本，故以为质干；而行之必有节文，出之必以退逊，成之必在诚实；乃君子之道也。程子曰："义以为质，如质干然；礼行此，孙出此，信成此。此四句只是一事，以义为本"。又曰："'敬以直内'则'义以方外'。'义以为质'，则'礼以行之，孙以出之，信以成之'。"

【译文】

孔子说："君子以义为做事的根本，用礼仪来实行它，用谦逊的言语说出它，用诚实的态度完成它。真的是位君子呀！"

【原文】

子曰："君子病无能焉，不病人之不己知也。"

子曰："君子疾没世而名不称焉。"①

【注释】

①范氏曰："君子学以为己，不求人知。然没世而名不称焉，则无为善之实可知矣。"

【译文】

孔子说："君子严格要求自己，小人苛刻要求别人。"

孔子说："君子担心死后而名声不被人称颂。"

【原文】

子曰："君子求诸己，小人求诸人。"①

【注释】

①谢氏曰："君子无不反求诸己，小人反是。此君子小人所以分也。"杨氏曰："君子虽不病人之不己知，然亦疾没世而名不称也。虽疾没世而名不称，然所以求者，亦反诸己而已。小人求诸人，故违道干誉，无所不至。三者文不相蒙，而义实相足，亦记言者之意。"

【译文】

孔子说："君子严格要求自己，小人苛刻要求别人。"

【原文】

子曰："君子矜而不争①，群而不党②。"

【注释】

①庄以持己曰矜。然无乖戾之心，故不争。
②和以处众曰群。然无阿比之意，故不党。

442

【译文】

孔子说："君子态度庄重而不与人争执，能够合群而不与人勾结。"

【原文】

子曰："君子不以言举人，不以人废言。"

子贡问曰："有一言而可以终身行之者乎？"子曰："其'恕'乎！己所不欲，勿施于人。"①

【注释】

①推己及物，其施不穷，故可以终身行之。尹氏曰："学贵于知要。子贡之问，可谓知要矣。孔子告以求仁之方也。推而极之，虽圣人之无我，不出乎此。终身行之，不亦宜乎？"

【译文】

孔子说："君子不因为言谈而举用人，不因为人而排斥其言谈。"

子贡问道："有一句话足以终身奉行的吗？"

孔子说："大概是恕吧！自己所不愿意的，不要施加于他人。"

【原文】

子曰：“吾之于人也，谁毁谁誉？如有所誉者，其有所试矣①。斯民也，三代之所以直道而行也。②”

【注释】

①毁者，称人之恶而损其真。誉，阴平。誉者，扬人之善而过其实。夫子无是也。然或有所誉者，则必尝有以试之，而知其将然矣。圣人善善之速，而无所苟如此。若其恶恶，则已缓矣。是以虽有以前知其恶，而终无所毁也。

②斯民者，今此之人也。三代，夏、商、周也。直道，无私曲也。言吾之所以无所毁誉者，盖以此民即三代之时所以善其善、恶其恶而无所私曲之民，故我今亦不得而枉其是非之实也。尹氏曰：“孔子之于人也，岂有意于毁誉之哉？其所以誉之者，盖试而知其美故也。斯民也，三代所以直道而行，岂得容私于其间哉？”

【译文】

孔子说：“我对于他人，不诋毁、不虚誉，如果有所称誉，已经是有所察验了。这些民众啊，是夏、商、周三代藉以施行直道的啊。”

【原文】

子曰：“吾犹及史之阙文也，有马者借人乘之。今亡矣夫！”①

【注释】

①夫，音扶。杨氏曰：“‘史阙文’、‘马借人’，此二事孔子犹及见之。‘今亡矣夫’，悼时之益偷也。”愚谓此必有为而言。盖虽细故，而时变之大者可知矣。胡氏曰：“此章义疑，不可强解。”

【译文】

孔子说：“我还赶上见到史官记事阙疑，有马的人把马借给别人驾车，现在见不到了！”

【原文】

子曰：“巧言乱德①，小不忍②则乱大谋。”

【注释】

①巧言，变乱是非，听之使人丧其所守。
②小不忍，如妇人之仁、匹夫之勇皆是。

【译文】

孔子说：“花言巧语扰乱德行，小处不能忍耐就会败坏大事。”

【原文】

子曰："众恶之，必察焉；众好之，必察焉。"①

【注释】

①好、恶，并去声。杨氏曰："惟仁者能好恶人。众好恶之而不察，则或蔽于私矣。"

【译文】

孔子说："大家都憎恨的东西，必须审察；大家都喜好的东西，必须审察。"

【原文】

子曰："人能弘道，非道弘人。"①

【注释】

①弘，廓而大之也。人外无道，道外无人。然人心有觉，而道体无为，故人能大其道，道不能大其人也。张子曰："心能尽性，人能弘道也。性不知检其心，非道弘人也。"

【译文】

孔子说："人能弘扬大道，不是大道来弘扬人。"

【原文】

子曰："过而不改，是谓过矣。"①

【注释】

①过而能改，则复于无过。惟不改，则其过遂成，而将不及改矣。

【译文】

孔子说："错了不去改正，才真的叫做错。"

【原文】

子曰："吾尝终日不食，终夜不寝，以思，无益，不如学也。"①

【注释】

①此为思而不学者言之。盖劳心以必求，不如逊志而自得也。李氏曰："夫子非思而不学者，特垂语以教人尔。"

【译文】

孔子说："我曾经整天不吃、整夜不睡地来思考，还是毫无收益，不如去学习。"

【原文】

　　子曰：“君子谋道不谋食。耕也，馁在其中矣；学也，禄在其中矣。君子忧道不忧贫。”①

【注释】

　　①馁，奴罪反。耕所以谋食，而未必得食。学所以谋道，而禄在其中。然其学也，忧不得乎道而已，非为忧贫之故而欲为是以得禄也。尹氏曰：“君子治其本而不恤其末，岂以在外者为忧乐哉？”

【译文】

　　孔子说：“君子谋求大道而不谋求食物。耕作可能会挨饿，学习可能会得到俸禄。君子忧患大道而不忧患贫困。”

【原文】

　　子曰：“知及之，仁不能守之，虽得之，必失之①。知及之，仁能守之，不庄以莅之，则民不敬②。知及之，仁能守之，庄以莅之，动之③不以礼④，未善也。”⑤

【注释】

　　①知，去声。知足以知此理，而私欲间之，则无以有之于身矣。

②莅，临也。谓临民也。知此理而无私欲以间之，则所知者在我而不失矣。然犹有不庄者，盖气习之偏，或有厚于内而不严于外者，是以民不见其可畏而慢易之。下句放此。

③动之，动民也。犹曰鼓舞而作兴之云尔。

④礼，谓义理之节文。

⑤愚请学至于仁，则善有诸己而大本立矣。泣之不庄，动之不以礼，乃其气禀学问之小疵，然亦非尽善之道也。故夫子历言之，使知德愈全则责愈备，不可以为小节而忽之也。

【译文】

孔子说："用智慧得到的东西，不能用仁德去坚守它，即使得到了，也一定会失去。用智慧得到的东西，仁德足以坚守它，但不是以庄重严肃的态度来对待百姓，老百姓就会不敬。用智慧得到的，仁德能够坚守住，并且庄重严肃地对待百姓，但如果不以合乎礼仪的方法来行事，也还是不够完善。"

【原文】

子曰："君子不可小知，而可大受也。小人不可大受，而可小知也。"①

【注释】

①此言观人之法。知，我知之也。受，彼所受也。盖君

子于细事未必可观，而材德足以任重；小人虽器量浅狭，而未必无一长可取。

【译文】

孔子说："不可以在小事情上赏识君子，却可让他担当重任。小人不能让他担当重任，却可以在小事情上给予赏识。"

【原文】

子曰："民之于仁也，甚于水火。水火，吾见蹈而死者矣，未见蹈仁而死者也。"①

【注释】

①民之于水火，所赖以生，不可一日无。其于仁也亦然。但水火外物，而仁在己。无水火，不过害人之身，而不仁则失其心。是仁有甚于水火，而尤不可以一日无者也。况水火或有时而杀人，仁则未尝杀人，亦何惮而不为哉？李氏曰："此夫子勉人为仁之语。"下章放此。

【译文】

孔子说："人民对于仁德的要求，比对水火都要迫切。我见过跳进水火死的，却没有见过实践仁德而死的。"

【原文】

子曰："当仁，不让于师。"①

【注释】

①当仁，以仁为己任也。虽师亦无所逊，言当勇往而必为也。盖仁者，人所自有而自为之，非有争也，何逊之有？程子曰："为仁在己，无所与逊。若善名在外，则不可不逊。"

【译文】

孔子说："面对合乎仁义的事，就是对老师，也不必谦让。"

【原文】

子曰："君子贞而不谅。"①

【注释】

①贞，正而固也。谅，则不择是非而必于信。

【译文】

孔子说："君子坚守正道，而不必拘泥小节。"

读易有感

【原文】

子曰："事君，敬其事而后其食。"①

【注释】

①后，与"后获"之"后"同。食，禄也。君子之仕也，有官守者修其职，有言责者尽其忠。皆以敬吾之事而已，不可先有求禄之心也。

【译文】

孔子说："侍奉君主，要竭尽全力把职责内的事做好，领取俸禄的事放在后头。"

【原文】

子曰："有教无类。"①

【注释】

①人性皆善，而其类有善恶之殊者，气习之染也。故君子有教，则人皆可以复于善，而不当复论其类之恶矣。

【译文】

孔子说："不管哪一类人，我都可以给他以教育。"

【原文】

子曰："道不同①，不相为②谋。"

【注释】

①不同，如善恶、邪正之异。
②为，去声。

【译文】

孔子说："志向不相投，就无法一块商量事了。"

【原文】

子曰："辞达而已矣。"①

【注释】

①辞，取达意而上，不以富丽为工。

【译文】

孔子说："言语足够表达意思就可以了。"

【原文】

师冕见①，及阶，子曰："阶也。"及席，子曰："席也。"皆坐，子告之曰："某在斯，某在斯。②"师冕出。子张问曰："与师言之道与？③"子曰："然。固相师之道也。④"

【注释】

①师，乐师，瞽者。冕，名。见，贤遍反。

②再言"某在斯"，历举在坐之人以告之。

③与，平声。圣门学者，于夫子之一言一动，无不存心省察如此。

④相，去声，助也。古者瞽必有相，其道如此。盖圣人于此，非作意而为之，但尽其道而已。尹氏曰："圣人处己为人，其心一致，无不尽其诚故也。有志于学者，求圣人之心，于斯亦可见矣。"范氏曰："圣人不侮鳏寡，不虐无告，可见于此。推之天下，无一物不得其所矣。"

【译文】

　　有位名叫冕的盲人乐师来见孔子。到了台阶，孔子说："这是台阶。"到了席位，孔子说："这是席位。"都坐下后，孔子告诉他："某人在这边，某人在那边。"师冕告辞走后，子张向孔子。"这就是与乐师说话的道吗？"孔子说："是的，这确实就是帮助盲人乐师的道呀。"

季氏第十六

【原文】

　　季氏将伐颛臾①。冉有、季路②见③于孔子，曰："季氏将有事于颛臾。"孔子曰："求！无乃尔是过与④？夫⑤颛臾，昔者先王以为东蒙主⑥，且在邦域之中矣，是社稷⑦之臣也。何以伐为？⑧"冉有曰："夫子欲之，吾二臣者皆不欲也。⑨"孔子曰："求！周任⑩有言曰：'陈力就列，不能者止。'危而不持，颠而不扶，则将焉用彼相矣⑪？且尔言过矣。虎兕出于柙，龟玉毁于椟中，是谁之过与？⑫"冉有曰："今夫⑬颛臾，固⑭而近于费⑮。今不取，后世必为子孙忧。⑯"孔子曰："求！君子疾夫⑰舍⑱曰'欲之'⑲而必为之辞。丘也闻：有国有家者，不患寡而患不均，不患贫而患不安。盖均无贫，和无寡，安无倾⑳。夫㉑如是，故远人不服，则修文德以来之㉒。既来之，则安之。今由与求也㉓相夫子，远人㉔不服而不能来也，邦分崩离析㉕而不能守也，而谋动干戈㉖于邦内。吾恐季孙之忧，不在颛臾，而在萧墙㉗之内也。㉘"

【注释】

①颛，音专。臾，音俞。颛臾，国名，鲁附庸也。

②按《左传》、《史记》，二子仕季氏不同时。此云洋者，疑子路尝从孔子自卫反鲁，再仕季氏，不久而复之卫也。

③见，贤遍反。

④与，阴平。冉求为季氏聚敛，尤用事。故夫子独责之。

⑤夫，音扶。

⑥东蒙，山名。先王封颛臾于此山之下，使主其祭。在鲁地七百里之中。

⑦社稷，犹云公家。

⑧是时四分鲁国，季氏取其二，孟孙、叔孙各有其一。独附庸之国尚为公臣，季氏又欲取以自益。故孔子言颛臾乃先王封国，则不可伐；在邦域之中，则不必伐；是社稷之臣，则非季氏所当伐也。此事理之至当，不易之定体，而一言尽其曲折如此，非圣人不能也。

⑨夫子，指季孙。冉有实与谋，以孔子非之，故归咎于季氏。

⑩任，阳平。周任，古之良史。

⑪陈，布也。列，位也。焉，於虔反。相：去声，下同；瞽者之相也。言二子不欲则当谏，谏而不听，则当去也。

⑫兕，徐履反，野牛也。柙，户甲反，槛也。椟，音独，匮也。与，阴平。言在柙而逸，在椟而毁，典守者不得辞其过。明二子居其位而不去，则季氏之恶，已不得不任其责也。

⑬夫，音扶。

⑭固，谓城郭完固。

⑮费，季氏之私邑。

⑯此则冉求之饰辞，然亦可见其实与季氏之谋矣。

⑰夫，音扶。

⑱舍，上声。

⑲"欲之"，谓贪其利。

⑳寡，谓民少。贫，谓财乏。均，谓各得其分。安，谓上下相安。季氏之欲取颛臾，患寡与贫耳。然是时季氏据国，而鲁公无民，则不均矣；君弱臣强，互生嫌隙，则不安矣。均则不患于贫而和，和则不患于寡而安，安则不相疑忌，而无倾覆之患。

㉑夫，音扶。

㉒内治修，然后远人服。有不服，则修德以来之，亦不当勤兵于远。

㉓子路虽不与谋，而素不能辅之以义，亦不得为无罪，故并责之。

㉔远人，谓颛臾。

㉕分崩离析，谓四分公室，家臣屡叛。

㉖干，盾也。盾戈，戟也。

㉗萧墙，屏也。

㉘言不均不和，内变将作。其后哀公果欲以越伐鲁而去
季氏。谢氏曰："当是时，三家强，公室弱，冉求又欲伐颛
臾以附益之。夫子所以深罪之，为其瘠鲁以肥三家也。"洪
氏曰："二子仕于季氏，凡季氏所欲为，必以告于夫子。则
因夫子之言而救止者，宜亦多矣。伐颛臾之事，不见于经传，
其以夫子之言而止也与？"

【译文】

季氏将要兴兵攻打颛臾，冉有、季路见到孔子说："季
氏将对颛臾采取军事行动。"孔子说："求呀！这怕是你的
过错吧！那颛臾，从前先王封他做祭礼蒙山的主祭人，再说
它在鲁国境内，是鲁国的臣属啊，为什么要攻打他呢？"

冉有说："我们主公要这样做，我们两人都不主张这样
做。"孔子说："求呀！从前周任说过：'能施展自己的才
能则就其职位，不能这样做就不就其职位。'这就如一个辅
助瞎子的人，如果瞎子面临危险但他不去抱持，瞎子跌倒但
他不去搀扶，那么还要用帮助瞎子的人干什么呢？况且你的
话实在是错了。凶恶的猛兽从笼子里出来为患，贵重的东西
毁坏在匣子里，这是什么人的过错呢？"

冉有说："现在那颛臾，城郭坚固，离费又很近，如果
现在不夺取它，将来一定成为后代子孙的隐忧。"孔子说：
"求呀！君子厌恶那种不说自己愿意去做而编个诳言来搪塞
的态度。我听说，一个国君或一个大夫，不怕财富少却怕分
配不均匀，不怕贫困却怕不安定。财富均了，就无所谓贫；
上下能和好共处就无所谓寡，上下既相安无事那么国家就无

有倾覆之患。正因为这样，所以如有国外的人不归顺，就整治礼乐和仁义之政来招引他们来；既然招他们来了，就使他们生活安定。现在你们两人，帮助季氏，国外的人不归服，你们无法招他们来，国家不统一、分崩离析，你们不能好好保全，却想要在国内使用武力，我担心季孙氏的忧虑并不在颛臾，正在我们国君的庭院之内呀！"

圣门四科

【原文】

孔子曰："天下有道，则礼乐征伐自天子出①；天下无道，则礼乐征伐自诸侯出。自诸侯出，盖十世希不失矣；自大夫出，五世希不失矣；陪臣②执国命，三世希不失矣③。天下有道，则政不在大夫④。天下有道，则庶人不议。⑤"

【注释】

①先王之制，诸侯不得变礼乐、专征伐。

②陪臣，家臣也。

③逆理愈甚，则其失之愈速。大约世数，不过如此。

④言不得专政。

⑤上无失政，则下无私议。非钳其口使不敢言此。此章通论天下之势。

【译文】

孔子说："天下政治清明，礼乐教化与军事行动都由天子做主；天下政治混乱，礼乐教化与军事行动由诸侯做主。由诸侯做主，传到十代很少不失去的；由大夫做主，传到五代很少不失去的；至于由家臣掌握国家命运，传到三代很少不失去的。天下政治清明，国家政权不会由大夫掌握。天下政治清明，老百姓不会纷纷议论政治。"

【原文】

孔子曰："禄之去公室，五世矣。政逮于大夫，四世矣。故夫①三桓之子孙，微矣。"②

【注释】

①夫，音扶。

②鲁自文公薨，公子遂杀子赤，立宣公，而君失其政，历成、襄、昭、定，凡五公。逮，及也。自季武子始专国政，历悼、平、桓子，凡四世，而为家臣阳虎所执。三桓，三家，皆桓公之后。此以前章之说推之，而知其当然也。此章专论鲁事，疑与前章皆定公时语。苏氏曰："礼乐征伐自诸侯出，宜诸侯之强也，而鲁以失政。政逮于大夫，宜大夫之强也，而桓以微。何也？强生于安，安生于上下之分定。今诸侯、大夫皆陵其上，则无以令其下矣，故皆不久而失之也。"

【译文】

孔子说："政权离开鲁国国君已经五代了，政权到大夫手中已经四代了，所以桓公的三房子孙已开始衰微了。"

【原文】

孔子曰："益者三友，损者三友。友直，友谅，友多闻，益矣。友便辟，友善柔，友便佞，损矣。"①

【注释】

①友直，则闻其过。友谅，则进于诚。友多闻，则进于明。便，阴平，房连切，善辩也。辟，婢亦反。便辟，逢迎谄媚貌。善柔，谓工于媚悦而不谅。便佞，谓习于口语，而无闻见之实。三者损益，正相反也。尹氏曰："自天子至于庶

人，未有不须友以成者。而其损益有如是者，可不谨哉？”

【译文】

孔子说："对自己有益的有三种朋友，对自己有害的有三种朋友。与正直的人为友，与诚实的人为友，与见闻广博的人为友，便对自己有益了。与谄媚奉承的人为友，与虚情假意的人为友，与夸夸其谈的人为友，便对自己有害了。"

【原文】

孔子曰："益者三乐，损者三乐。乐节礼乐，乐道人之善，乐多贤友，益矣。乐骄乐，乐佚游，乐宴乐，损矣。"①

【注释】

①"礼乐"之乐，音岳。"骄乐"、"宴乐"之乐，音洛。节，谓辨其制度声容之节。骄乐，则侈肆而不知节。佚游，则惰慢而恶闻善。宴乐，则淫溺而狎小人。三者损益，亦相反也。尹氏曰："君子之于好乐，可不谨哉？"

【译文】

孔子说："对自己有益的有三种快乐，对自己有害的有三种快乐。以得到礼乐的调节为乐，以传扬别人的好处为乐，以多交贤友为乐，便对自己有益了。以骄恣无礼为乐，以纵情游荡为乐，以饮食荒淫为乐，便对自己有害了。"

【原文】

孔子曰："侍于君子[1]有三愆[2]：言未及之而言，谓之躁；言及之而不言，谓之隐；未见颜色而言，谓之瞽[3]。"

【注释】

①君子，有德位之通称。

②愆，过也。

③瞽，无目，不能察言观色。尹氏曰："时然后言，则无三者之过矣。"

【译文】

孔子说："陪同君子说话容易犯三种过失：没轮到自己说话就先说，叫做急躁；轮到自己说话却不说，叫做隐藏；不看对方脸色就随便张嘴，叫做眼瞎。"

【原文】

孔子曰："君子有三戒：少之时，血气未定，戒之在色；及其壮也，血气方刚，戒之在斗；及其老也，血气既衰，戒之在得。"[1]

【注释】

①血气，形之所待以生者，血阴而气阳也。得，贪得

也。随时知戒，以理胜之，则不为血气所使也。范氏曰：“圣人同于人者血气也，异于人者志气也。血气有时而衰，志气则无时而衰也。少未定、壮而刚、老而衰者，血气也。戒于色、戒于斗、戒于得者，志气也。君子养其志气，故不为血气所动，是以年弥高而德弥劭也。”

【译文】

孔子说：“君子有三件事应该警诫自己：年轻时，血气未定，应在迷恋女色方面警诫自己；壮年时，血气正旺，应在争强好斗方面警诫自己；年老时，血气已衰，应在贪求名利方面警诫自己。”

【原文】

孔子曰：“君子有三畏①：畏天命，畏大人，畏圣人之言②。小人不知天命而不畏也，狎大人，侮圣人之言③。”

【注释】

①畏者，严惮之意也。

②天命者，天所赋之正理也。知其可畏，则其戒谨恐惧，自有不能已者，而付畀之重可以不失矣。大人、圣言，皆天命所当畏。知畏天命，则不得不畏之矣。

③侮，戏玩也。不知天命，故不识义理，而无所忌惮如此。尹氏曰：“三畏者，修己之诚当然也。小人不务修身诚

已，则何畏之有？”

【译文】

孔子说：“君子所敬畏的有三种：敬畏天命，敬畏居于高位的人，敬畏圣人的言语。小人不懂得天命，因而对它不知敬畏，又轻视居于高位的人，并戏侮圣人的言论。”

【原文】

孔子曰：“生而知之者，上也；学而知之者，次也；困[1]而学之，又其次也；困而不学，民斯为下矣。”[2]

【注释】

①困，谓有所不通。

②言人之气质不同，大约有此四等。杨氏曰：“生知、学知以至困学，虽其质不同，然及其知之，一也。故君子惟学之为贵。困而不学，然后为下。”

【译文】

孔子说：“生下来就知道的，是上等；学习了才知道的，是次一等；遇到疑难才去学习的，是再次一等；遇到疑难而不去学习，普通民众就是这种最下等的了。”

【原文】

孔子曰："君子有九思：视思明，听思聪，色思温，貌思恭，言思忠，事思敬，疑思问，忿思难①，见得思义。"②

【注释】

①难，去声。

②视无所蔽，则明无不见。听无所壅，则聪无不闻。色，见于面者。貌，举身而言。思问，则疑不蓄。思难，则忿必惩。思义，则得不苟。程子曰："九思各专其一。"谢氏曰："未至于从容中道，无时而不自省察也，虽有不存焉者，寡矣。此之谓思诚。"

【译文】

孔子说："君子有九种考虑：看的时候考虑是否看清楚了，听的时候考虑是否听清楚了，脸色考虑是否温和，外貌考虑是否庄重，言语考虑是否忠心，办事考虑是否认真，有疑问考虑如何向人请教，想发怒考虑是否会有后患，看到可得到的东西考虑得到是否合适。"

【原文】

孔子曰："见善如不及，见不善如探汤。吾见其人矣，吾闻其语矣①。隐居以求其志，行义以达其道。吾闻其语矣，

未见其人也。②"

【注释】

①探，吐南反。语，盖古语也。真知善恶而诚好恶之，颜、曾、闵、冉之徒，盖能之矣。

②求其志，守其所达之道也。达其道，行其所求之志也。盖惟伊尹、太公之流，可以当之。当时若颜子，亦庶乎此，然隐而未见，又不幸而蚤死，故夫子云然。

【译文】

孔子说："看见好的，就如生怕赶不上；看见不好的，就如用手去试热开水一样迅速离开。我见到过这样的人，也听到过这样的话。隐居避世以求保全自己的志向，出仕为臣以实现自己的主张。我听说过这样的话，但没见到过这样的人。"

【原文】

齐景公有马千驷①，死之日，民无德而称焉。伯夷、叔齐饿于首阳②之下，民到于今称之。其斯之谓与？③

【注释】

①驷，四马也。

②首阳，山名。

西狩获麟

③胡氏曰："程子以为第十二篇错简'诚不以富，亦只以异'，当在此章之首。今详文势，似当在此句之上。言人之所称，不在于富，而在于异也。"愚谓此说近是，而章首当有"孔子曰"字，盖阙文耳。大抵此书后十篇多阙误。与，阴平。

【译文】

齐景公拥有四千匹马，死的时候，人们找不到他的好处来称述他。伯夷、叔齐二人在首阳山下饿死，人们到现在还称颂他们。说的就是这个意思吧！

【原文】

陈亢①问于伯鱼曰："子亦有异闻乎？②"对曰："未也。

尝独立，鲤趋而过庭。曰：'学《诗》乎？'对曰：'未也。'
'不学《诗》，无以言。③'鲤退而学《诗》。他日又独立，鲤
趋而过庭。曰：'学《礼》乎？'对曰：'未也。''不学
《礼》，无以立。④'鲤退而学《礼》。闻斯二者。⑤"陈亢退而
喜曰："问一得三：闻《诗》，闻《礼》，又闻君子之远其
子⑥也。"

【注释】

①亢，音刚。

②亢以私意窥圣人，疑必阴厚其子。

③事理通达，而心气和平，故能言。

④品节详明，而德性坚定，故能立。

⑤当独立之时，所闻不过如此，其无异闻可知。

⑥远，去声。尹氏曰："孔子之教其子，无异于门人，
故陈亢以为'远其子'"。

【译文】

陈亢向伯鱼问道："您在老师那儿受到过与众不同的教
导吗？"伯鱼回答说："没有。记得他曾独自站在庭中。我加
快步子恭敬地走过，他说：'学习《诗》了吗？'我回答说：
'没有。'他说：'不学《诗》，就不会说话。'我便回去学
《诗》。另一天，他又独自站在庭中，我又加快步子恭敬地走
过。他问道：'学礼了吗？'我回答说：'没有。'他说：'不
学礼，无法立足于社会。'我便回去学礼。我只听到这两
件。"陈亢回去高兴地说："我问一件事，得知了三件事。一

是《诗》，二是礼，三是君子对儿子并不特别照顾。"

【原文】

邦君之妻，君称之曰"夫人"，夫人自称曰"小童"；邦人称之曰"君夫人"，称诸异邦曰"寡[①]小君"；异邦人称之，亦曰"君夫人"。[②]

【注释】

①寡，寡德，谦辞。

②吴氏曰："凡《语》中所载如此类者，不知何谓。或古有之，或夫子尝言之，不可考也。"

【译文】

国君的妻子，国君本人称她为夫人，她对国君自称小童；国内的人称她为君夫人，但对外国人称她为寡小君；外国人也称她为君夫人。

卷　九

阳货第十七

【原文】

阳货欲见孔子，孔子不见，归孔子豚①。孔子时其亡也，而往拜之，遇诸涂。谓孔子曰："来！予与尔言。"曰："怀其宝而迷其邦，可谓仁乎？"曰："不可。""好从事而亟失时，可谓知乎？"曰："不可。""日月逝矣，岁不我与。"孔子曰："诺。吾将仕矣。"②

【注释】

①阳货，季氏家臣，名虎。尝囚季桓子而专国政。欲令孔子来见已，而孔子不往。货以礼——"大夫有赐于士，不得受于其家，则往拜其门"，故瞰孔子之亡而归之豚，欲令孔子来拜而见之也。归，如字，一作馈。

②怀宝迷邦，谓怀藏道德，不救国之迷乱。好、亟、知，并去声。亟，数也。失时，谓不及事几之会。将者，且然而未必之辞。货语皆讥孔子而讽使速仕。孔子固未尝如此，而亦非不欲仕也，但不仕于货耳，故直据理答之，不复与辩，若不谕其意者。阳货之欲见孔子，虽其善意，然不过欲使助己为乱耳。故孔子不见者，义也。其往拜者，礼也。必时其亡而往者，欲其称也。遇诸涂而不避者，不终绝也。随问而对者，理之直也。对而不辩者，言之孙而亦无所诎也。杨氏曰："扬雄谓：'孔子于阳货也，敬所不敬，为诎身以信道。'非知孔子者。盖道外无身，身外无道。身诎矣而可以信道，吾未之信也。"

【译文】

阳货想让孔子来拜见他，孔子不去，他就送给孔子一只蒸熟的小猪。孔子趁他不在家时，前去拜谢他。不料两个人正好在半路上碰见了。阳货叫着孔子说："来！我有话跟你说。"〔孔子走了过去。〕阳货说："自己有本领，却听任国家迷乱，这能叫做仁吗？"孔子说："不可以。"阳货又说："喜欢做官，却多次错过机会，这能叫做聪明吗？"孔子说："不能够。"阳货说："时光去而不复返，岁月是不等人的。"孔子说："好吧，我要出去做官了。"

【原文】

子曰："性相近也①，习相远也。②"

【注释】

①此所谓性，兼气质而言者也。程子曰："此言气质之性，非言性之本也。若言其本，则性即是理，理无不善，孟子之言'性善'是也。何相近之有哉？"

②气质之性，固有美恶之不同矣。然以其初而言，则皆不甚相远也。但习于善则善，习于恶则恶，于是始相远耳。

【译文】

孔子说："人的性情本来是相近的。只因我受不同习气的沾染，便相距得远了。"

【原文】

子曰："唯上知①与下愚不移。②"

【注释】

①知，去声。

②此承上章而言。人之气质相近之中，又有美恶一定，而非习之所能移者。程子曰："人性本善，有不可移者何也？语其性则皆善也，语其才则有下愚之不移。所谓'下愚'有二焉：自暴、自弃也。人苟以善自治，则无不可移，虽昏愚之至，皆可渐磨而进也。惟自暴者拒之以不信，自弃者绝之以不为，虽圣人与居，不能化而入也：仲尼之所谓'下愚'

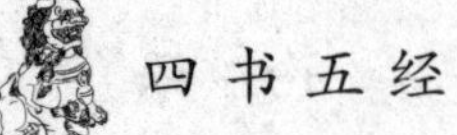

也。然其质非必昏且愚也，往往强戾而才力有过人者，商辛是也。圣人以其自绝于善，谓之'下愚'，然考其归则诚愚也。"或曰："此与上章当合为一，'子曰'二字盖衍文耳。"

【译文】

孔子说："只有聪明的上等人和愚笨的下等人是不可改变的。"

【原文】

子之武城，闻弦歌之声①，夫子莞尔而笑，曰：割鸡焉用牛刀？②子游对曰："昔者偃也闻诸夫子曰：'君子学道则爱人，小人学道则易使也。'③"子曰："二三子！偃之言是也。前言戏之耳。"④

【注释】

①弘，琴瑟也。时子游为武城宰，以礼乐为教，故邑人皆弦歌也。

②莞，华版反。莞尔，小笑貌，盖喜之也。焉，於虔反。因言其治小邑，何必用此大道也？

③易，去声。君子、小人，以位言之。子游所称，盖夫子之常言。言君子、小人，皆不可以不学。故武城虽小，亦必教以礼乐。

④嘉子游之笃信，又以解门人之惑也。治有大小，而其

治之必用礼乐，则其为道一也。但众人多不能用，而子游独行之。故夫子骤闻而深喜之，因反其言以戏之。而子游以正对，故复是其言，而自实其戏也。

【译文】

孔子到了武城，听到了弹琴唱歌的声音。孔子微笑着说：杀鸡何必用杀牛的刀呢？子游回答说："从前我听到老师说过：'君子学习了礼乐，就会爱人，小人学习了礼乐，就好使唤了。'"孔子便说："学生们，言偃的话是对的。我刚才的话只是和他开个玩笑罢了。"

【原文】

公山弗扰以费畔[1]，召，子欲往。子路不说[2]，曰："末之也已，何必公山氏之之也。[3]"子曰："夫[4]召我者，而岂徒哉[5]？如有用我者，吾其为东周[6]乎？"

【注释】

[1]弗扰，季氏宰。与阳货共执桓子，据邑以叛。

[2]说，音悦。

[3]末，无也。言道既不行。无所往矣，何必公山氏之往乎？

[4]夫，音扶。

[5]"岂徒哉"，言必用我也。

⑥ "为东周"，言兴周道于东方。程子曰："圣人以天下无不可有为之人，亦无不可改过之人，故欲往。然而终不往者，知其必不能改故也。"

【译文】

公山弗扰到费图谋造反，来召孔子，孔子准备去。

子路不高兴，说："没有地方去的话，就算了，为什么一定要去公山氏那里呢？"

孔子说："他召我去，难道是白白召我去吗？假若有人用我，我将使周文王、武王崛起丰镐之道在东方复兴。"

【原文】

子张问仁于孔子。孔子曰："能行五者于天下，为仁矣。"请问之。曰："恭，宽，信，敏，惠。恭则不侮，宽则得众，信则人任焉，敏则有功，惠则足以使人。"①

【注释】

①行是五者，则心存而理得矣。"于天下"，言无适而不然，犹所谓虽之夷狄不可弃者。五者之目，盖因子张所不足而言耳。任，倚仗也。又言其效如此。张敬夫曰："能行此五者于天下，则其心公平而周遍可知矣。然恭其本与？"李氏曰："此章与六言六蔽、五美、四恶之类，皆与前后文体大不相似。"

【译文】

子张向孔子询问仁。孔子说："能在天下施行五种品德，便是有仁德的人了。"

子张问："是哪五项啊？"孔子说："庄重，宽厚，诚实，勤敏，慈惠。恭敬就不受侮辱，宽厚就能得到别人的拥护，诚实就会得到别人的信用，勤敏就会有功绩，慈惠就能使唤人。"

【原文】

佛肸①召，子欲往。子路曰："昔者由也闻诸夫子曰：'亲于其身为不善者，君子不入也。'佛肸以中牟畔。子之往也，如之何？②"子曰："然。有是言也。不曰坚乎，磨而不磷；不曰白乎，涅而不缁③。吾岂匏瓜也哉？焉能系而不食？④"

【注释】

①佛，音弼。肸，许密反。佛肸，晋大夫赵氏之中牟宰也。

②子路恐佛肸之浼夫子，故问此以止夫子之行。亲，犹自也。不入，不入其党也。

③磷，力刃反，薄也。涅，乃结反，染皂物。言人之不善，不能浼己。杨氏曰："磨不磷，涅不缁，而后无可无不

梦奠两楹

可。坚白不足，而欲自试于磨涅，其不磷缁也者几希。”

④匏，瓠也。焉，於虔反。匏瓜系于一处而不能饮食，人则不如是也。张敬夫曰：“子路昔者之所闻，君子守身之常法。夫子今日之所言，圣人体道之大权也。然夫子于公山、佛肸之召皆欲往，以天下无不可变之人，无不可为之事也。其卒不往者，知其人之终不可变而事之终不可为耳。一则生物之仁，一则知人之智也。”

【译文】

佛肸来召孔子，孔子准备去。

子路说：“以前我听老师说过：‘亲自投身到做坏事的人那里，君子是不去的。’现在佛肸要在中年谋反，老师却要去，为什么？”

孔子说：“对，我有说过这话。但是又说过：最坚固的东西是磨不薄的；最白的东西是染不黑的。我难道是葫芦吗？
怎么能够只挂着而不给人采食呢？"

【原文】

子曰："由也，女①闻六言六蔽②矣乎？"对曰："未也。"
"居！吾语女③。好仁不好学，其蔽也愚；好知不好学，其蔽
也荡；好信不好学，其蔽也贼；好直不好学，其蔽也绞；好
勇不好学，其蔽也乱；好刚不好学，其蔽也狂。④"

【注释】

①女，音汝，下同。

②蔽，遮掩也。

③语，去声。礼：君子问更端，则起而对。故孔子谕子
路，使还坐而告之。

④六言皆美德，然徒好之而不学以明其理，则各有所蔽。
好、知，并去声。愚，若可陷可罔之类。荡，谓穷高极广而
无所止。贼，谓伤害于物。勇者，刚之发。刚者，勇之体。狂，
躁率也。范氏曰："子路能于为善，其失之者，未能好学以
明之也，故告之以此。曰勇，曰刚，曰信，曰直，又皆所以
救其偏也。"

【译文】

孔子说："仲由，你听说过有六种品德也会带来六种弊

病吗？”子路回答说：“没有。”

孔子说：“坐下！我告诉你。爱好仁德却不爱好学问，它的弊病是容易被愚弄；爱耍聪明却不喜好学问，它的弊病是放荡不羁；喜好诚实却不喜好学问，它的弊病是容易被人利用，反而害了自己；爱直率却不爱好学问，它的弊病是说话尖刻，刺痛人心；爱勇敢却不爱学问，它的弊病是捣乱闯祸；爱刚强却不爱学问，它的弊病是胆大妄为。”

【原文】

子曰：“小子①！何莫学夫②《诗》？《诗》，可以兴③，可以观④，可以群⑤，可以怨⑥。迩之事父，远之事君⑦。多识于鸟兽草木之名。⑧”

【注释】

①小子，弟子也。

②夫，音扶。

③感发志意。

④考见得失。

⑤和而不流。

⑥怨而不怒。

⑦人伦之道，《诗》无不备，二者举重而言。

⑧其绪余又足以资多积。学《诗》之法，此章尽之。读是经者，所宜尽心也。

【译文】

孔子说："弟子们，为什么不学习诗呢？学诗，可以培养联想力，可以提高观察力，可以养成合群的性情，可以学得讽刺方法，抒发心中的怨恨。近的呢，可以运用其中的道理事奉父母；远的呢，可以用来服侍君主，而且可以多知道一些鸟兽草木的名称。"

【原文】

子谓伯鱼曰："女为《周南》《召南》矣乎①？人而不为《周南》《召南》，其犹正墙面而立②也与③！"

【注释】

①女，音汝。为，犹学也。《周南》《召南》，《诗》首篇名。所言皆修身齐家之事。

②正墙面而立，立即其至近之地，而一物无所见，一步不可行。

③与，阴平。

【译文】

孔子对伯鱼说："你研究过《周南》和《召南》了吗？一个人不研究《周南》《召南》，就好像面对墙壁站立着无法向前行走啊！"

【原文】

子曰："礼云礼云，玉帛云乎哉？乐云乐云，钟鼓云乎哉？"①

【注释】

①敬而将之以玉帛，则为礼；和而发之以钟鼓，则为乐。遗其本而专事其末，则岂礼乐之谓哉？程子曰："礼只是一个'序'，乐只是一个'和'。只此两字，含蓄多少义理。天下无一物无礼。且如置此两椅，一不正，便是无序。无序便乖，乖便不和。又如盗贼至为不道，然亦有礼乐。盖必有总属，必相听顺，乃能为盗。不然，则叛乱无统，不能一日相聚而为盗也。礼乐无处无之，学者须要识得。"

【译文】

孔子说："礼呀礼呀，只是指玉帛之类的礼器吗？乐呀乐呀，只是指钟鼓之类的乐器吗？"

【原文】

子曰："色厉而内荏，譬诸小人，其犹穿窬之盗也与？"①

【注释】

①厉，威严也。荏，而审反，柔弱也。小人，细民也。

穿，穿壁。窬，逾墙。与，阴平。言其无实盗名，而常畏人知也。

【译文】

孔子说："外表声色严厉而内心怯弱，若用坏人作比喻，大概像个挖洞跳墙的小偷吧！"

【原文】

子曰："乡原，德之贼也。"①

【注释】

①乡者，鄙俗之意。原，与愿同。《荀子》"原悫"，《注》读作"愿"，是也。乡原，乡人之愿者也。盖其同流合污以媚于世，故在乡人之中独以愿称。夫子以其似德非德，而反乱乎德，故以为德之贼而深恶之。详见《孟子》末篇。

【译文】

孔子说："乡里的好好先生，是损害德行的人。"

【原文】

子曰："道听而涂说，德之弃也。"①

【注释】

①虽闻善言，不为己有，是自弃其德也。王氏曰："君子多识前言往行以畜其德，道听涂说则弃之矣。"

【译文】

孔子说："道听途说，是遗弃德行。"

【原文】

子曰："鄙夫①可与事君也与②哉？其未得之也，患得之③；既得之，患失之。苟患失之，无所不至矣。④"

【注释】

①鄙夫，庸恶陋劣之称。

②与，阴平。

③何氏曰："患得之，谓患不能得之。"

④小则吮痈舐痔，大则弑父与君，皆生于患失而已。胡氏曰："许昌靳裁之有言曰：'士之品大概有三：志于道德者，功名不足以累其心；志于功名者，富贵不足以累其心；志于富贵而已者，则亦无所不至矣。'志于富贵，即孔子所谓鄙夫也。"

【译文】

孔子说："鄙陋的家伙能和他一起事奉国君吗？他在尚

未得到时担忧得不到，已经得到了又担忧失去。倘若担忧失去，什么事都会干得出来。"

【原文】

子曰："古者民有三疾，今也或是之亡也①。古之狂也肆，今之狂也荡②；古之矜也廉，今之矜也忿戾③；古之愚也直，今之愚也诈④而已矣。"

【注释】

①气失其平则为疾，故气禀之偏者亦谓之疾。昔所谓疾，今亦亡之，伤俗之益衰也。

②狂者，志愿太高。肆，谓不拘小节。荡，则逾大闲矣。

③矜者，持守太严。廉，谓棱角、锋利。忿戾，则至于争矣。

④愚者，暗昧不明。直，谓径行自遂。诈，则挟私妄作矣。范氏曰："末世滋伪。岂惟贤者不如古哉？民性之蔽，亦与古人异矣。"

【译文】

孔子说："古时候民众有三项缺点，现在恐怕连这些缺点都没有了。古时候的狂不拘小节，现在的狂放荡无礼；古时候的矜持方正峭厉，现在的矜持蛮横胡闹；古时候的愚昧

杀三兄楚平王即位

正直，现在的愚昧只是欺诈而已。"

【原文】

子曰："巧言令色，鲜矣仁。"①

【注释】

①重出。

【译文】

孔子说："花言巧语、仪容伪善，几乎就不具备仁了。"

【原文】

子曰："恶①紫②之夺朱③也，恶郑声之乱雅④乐也，恶利口⑤之覆⑥邦家者。"

【注释】

①恶，去声。

②紫，间色。

③朱，正色。

④雅，正也。

⑤利口，捷给。

⑥覆，芳服反，倾败也。范氏曰："天下之理，正而胜

者常少，不正而胜者常多，圣人所以恶之也。利口之人，以是为非，以非为是，以贤为不肖，以不肖为贤。人君苟悦而信之，则国家之覆也不难矣。"

【译文】

孔子说："我憎恨紫色排挤了大红色，憎恨郑地的歌曲扰乱了曲雅的音乐，憎恨巧嘴利舌颠覆了国家与世族的人。"

【原文】

子曰："予欲无言。①"子贡曰："子如不言，则小子何述焉？②"子曰："天何言哉？四时行焉，百物生焉，天何言哉？"③

【注释】

①学者多以言语观圣人，而不察其天理流行之实，有不待言而著者，是以徒得其言，而不得其所以言。故夫子发此以警之。

②子贡正以言语观圣人者，故疑而问之。

③四时行，百物生，莫非天理发见流行之实，不待言而可见。圣人一动一静，莫非妙道精义之发，亦天而已，岂待言而显哉？此亦开示子贡之切，惜乎其终不喻也。程子曰："孔子之道，譬如日星之明，犹患门人未能尽晓，故曰'予欲无言'。若颜子则便默识，其他则未免疑问，故曰'小子

何述’。”又曰：“‘天何言哉？四时行焉，百物生焉’，则可谓至明白矣。”愚按：此与前篇“无隐”之意相发，学者详之。

【译文】

孔子说：“我想不说话了。”

子贡说：“老师如果不说话，我们这些后生传述什么呢？”

孔子说：“上天说了什么呢？四季运行，万物生长，上天说什么呢？”

【原文】

孺悲欲见孔子，孔子辞以疾。将命者出户。取瑟而歌，使之闻之。[1]

【注释】

[1]孺悲，鲁人，尝学《士丧礼》于孔子。当是时必有以得罪者，故辞以疾，而又使知其非疾，以警教之也。程子曰："此孟子所谓‘不屑之教诲’，所以深教之也。"

【译文】

孺悲想见孔子，孔子推托得了病。传话的人出了房门，孔子取来瑟弹唱，让孺悲听见。

【原文】

　　宰我问："三年之丧，期①已久矣。君子三年不为礼，礼必坏；三年不为乐，乐必崩②。旧穀既没，新穀既升，钻燧改火，期可已矣。③"子曰："食夫④稻，衣⑤夫锦，于女⑥安乎？"曰："安。"⑦"女安则为之！夫君子之居丧，食旨⑧不甘，闻乐不乐⑨，居处不安，故不为也。今女安，则为之！⑩"宰我出。子曰："予之不仁也！子生三年，然后免于父母之怀。夫三年之丧，天下之通丧也。予也有三年之爱于其父母乎？"⑪

治任别归

【注释】

　　①期，音基，下同。周年也。

　　②恐居丧不习而崩坏也。

③没，尽也。升，登也。钻，祖官反。燧，取火之木
也。改火：春取榆柳之火，夏取枣之火，夏季取桑柘之火，
秋取柞楢之火，冬取槐檀之火，亦一年而周也。已，止也。
言期年则天运一周，时物皆变，丧至此可止也。尹氏曰：
"短丧之说，下愚且耻言之。宰我亲学圣人之门，而以是为
问者，有所疑于心而不敢强焉尔。"

④夫，音扶。下同。

⑤衣，去声。

⑥女，音汝，下同。

⑦礼：父母之丧，既殡，食粥、粗衰。既葬，疏食，水
饮，受以成布。期而小祥，始食菜果，练冠，缬缘，要绖不除。
无食稻、衣锦之理。夫子欲宰我反求诸心，自得其所以不忍者，
故问之以此，而宰我不察也。

⑧旨，亦甘也。

⑨乐，上如字，下音洛。

⑩此夫子之言也。初言"女安则为之"，绝之之辞。
又发其不忍之端，以警其不察，而再言"女安则为之"以深
责之。

⑪宰我既出，夫子惧其真以为可安而遂行之，故深探其
本而斥之。言由其不仁，故爱亲之薄如此也。怀，抱也。又
言君子所以不忍于亲而丧必三年之故，使之闻之，或能反求
而终得其本心也。范氏曰："丧虽止于三年，然贤者之情则
无穷也。特以圣人为之中制而不敢过，故必俯而就之，非以
三年之丧为足以报其亲也。所谓三年然后免于父母之怀，特
以责宰我之无恩，欲其有以跂而及之尔。"

【译文】

　　宰我问道："为父母守孝三年，时间太久了。君子三年不习礼仪，礼仪一定会败坏的；三年不演习音乐，音乐一定会被忘记。陈谷子吃完了，新谷子已经登场了，取火用的木头已经轮过一遍，守孝一年也就可以了吗？"孔子说："丧期里，你吃稻米，穿锦衣，心安吗？"宰我说："心安。"孔子说："你心安，那你就这么做吧？君子居丧时，吃美味的东西也不香甜，听音乐也不快乐，住在家里也不舒服，所以才不那么做。如今你心安，你就那么做吧。"宰我走后。孔子说："他真是不仁呀！儿女出生三年，才能够脱离父母的怀抱。为父母守孝三年，天下的人都是这么做的。宰我对他父母是不是也有三年的爱呢？"

【原文】

　　子曰："饱食终日，无所用心，难矣哉！不有博弈者乎，为之犹贤乎已。"①

【注释】

　　①博，局戏也。弈，围棋也。已，止也。李氏曰："圣人非教人博弈也，所以甚言无所用心之不可尔。"

【译文】

　　孔子说："整天吃饱了饭，却没有一件事肯用心思，这还真难呢！不是有掷骰子下围棋之类的游戏吗？干干这些，也比什么都不干好。”

【原文】

子路曰：“君子尚①勇乎？”子曰：“君子义以为上。君子有勇而无义为乱，小人有勇而无义为盗。”②

【注释】

①尚，上之也。

②君子为乱，小人为盗，皆以位而言者也。尹氏曰：“义以为尚，则其勇也大矣。子路好勇，故夫子以此救其失也。”胡氏曰：“疑此子路初见孔子时问答也。”

【译文】

子路说：“君子崇尚勇猛吗？”孔子说：“君子认为义是最重要的，如果君子有勇而无义就会叛乱，小人有勇而无义就会成为强盗。”

【原文】

子贡曰：“君子亦有恶乎？”子曰：“有恶：恶称人之恶者，恶居下流而讪上者，恶勇而无礼者，恶果敢而窒者。”①曰：“赐也亦有恶乎？”“恶徼②以为知者，恶不孙③以为勇者，恶讦④以为直者。"

【注释】

①恶，去声，下同。惟"恶者"之恶如字。讪，所晏反，谤毁也。窒，不通也。称人恶，则无仁厚之意。下讪上，则无忠敬之心。勇无礼，则为乱。果而窒，则妄作。故夫子恶之。

②徼，古尧反，伺察也。"恶徼"以下，子贡之言也。

③知、孙，并去声。

④讦，居谒反，谓攻发人之阴私。杨氏曰："仁者无不爱，则君子疑若无恶矣。子贡之有是心也，故问焉以质其是非。"侯氏曰："圣贤之所恶如此，所谓'唯仁者能恶人'也。"

【译文】

子贡说："君子也有憎恶吗？"孔子说："有憎恶：憎恶说别人坏话的人，憎恶身居低位而毁谤地位比他高的人，憎恶勇猛却不讲礼义的人，憎恶自以为是，蛮干到底的人。"孔子又说："赐，你也有憎恶吗？"子贡说："我憎恶抄袭别人成果却自认为聪慧的人，憎恶不谦逊而自认为勇敢的人，憎恶揭发别人隐私却认为是说直话的人。"

【原文】

子曰："唯女子与小人为难养也，近之则不孙，远①之则怨。"②

【注释】

①近、孙、远，并去声。

②此小人，亦谓仆隶下人也。君子之于臣妾，庄以莅之，慈以畜之，则无二者之患矣。

【译文】

孔子说："只有女人和小人最难相处，与他们亲近些就会对你放肆无礼，与他们疏远了又会怨恨你。"

【原文】

子曰："年四十而见恶①焉，其终也已。"②

【注释】

①恶，去声。

②四十，成德之时，见恶于人，则止于此而已。勉人及时迁善改过也。苏氏曰："此亦有为而言，不知其为谁也。"

【译文】

孔子说："一个人活到四十岁还被人讨厌，他这一辈子也就这样了。"

微子第十八

【原文】

"微子去之，箕子为之奴，比干谏而死[1]。"孔子曰："殷有三仁焉。"[2]

【注释】

[1]微、箕，二国名。子，爵也。微子，纣庶兄。箕子、比干，纣诸父。微子见纣无道，去之以存宗祀。箕子、比干皆谏，纣杀比干，囚箕子以为奴，箕子因佯狂而受辱。

[2]三人之行不同，而同出于至诚恻怛之意，故不咈乎爱之理，而有以全其心之德也。杨氏曰："此三人者，各得其本心，故同谓之仁。"

【译文】

纣王暴虐无道，微子离他而去，箕子沦为他的奴隶，比干由于竭力劝谏而惨死。孔子说："殷朝有三位仁人啊！"

【原文】

柳下惠为士师[1]，三黜[2]。人曰："子未可以去乎？"曰：

“直道而事人，焉③往而不三黜？枉道而事人，何必去父母之邦？”④

【注释】

①士师，狱官。

②三，去声。黜，退也。

③焉，於虔反。

④柳下惠三黜不去，而其辞气雍容如此，可谓和矣。然其不能枉道之意，则有确乎其不可拔者。是则所谓必以其道，而不自失焉者也。胡氏曰：“此必有孔子断之之言，则亡之矣。”

【译文】

柳下惠担任司法官，多次被免职。有人说：“您不能够离开这里吗？”柳下惠回答说：“坚持正道侍奉君主，到哪里去又能够不得到多次罢免的遭遇呢？如果用邪道去侍奉君主，又何必要离开自己的国家呢？”

【原文】

齐景公待孔子，曰：“若季氏则吾不能，以季、孟之间待之。”

【注释】

①鲁三卿，季氏最贵，孟氏为下卿。然此言必非面语孔

子，盖自以告其臣，而孔子闻之尔。

②孔子去之，事见《世家》。程子曰："季氏强臣，君待之之礼极隆，然非所以待孔子也。以季、孟之间待之，则礼亦至矣。然复曰'吾老矣，不能用也'，故孔子去之。盖不系待之轻重，特以不用而去尔。"

【译文】

齐景公在谈到对待孔子的打算时，说："如果要像鲁国国君对待季氏那样对待孔子，那我是做不到的；我要用介于季氏和孟氏之间的礼遇去对待他。"

【原文】

曰："吾老矣，不能用也。①"孔子行。②

齐人归女乐①。季桓子②受之，三日不朝③。孔子行。④

【注释】

①归，如字，或作馈。按《史记》："定公十四年，孔子为鲁司寇，摄行相事。齐人惧，归女乐以沮之。"

②季桓子，鲁大夫，名斯。

③朝，音潮。

④尹氏曰："受女乐而怠于政事如此，其简贤弃礼、不足与有为可知矣，夫子所以行也。所谓'见几而作，不俟终日'者也？"范氏曰："此篇记仁贤之出处，而折中以圣人之

行，所以明中庸之道也。"

【译文】

又说："我已经老了，不能用他了。"于是孔子就离开了齐国。

齐国给鲁国送了一批歌姬舞女来，季桓子接受了，连续多天不理朝政，孔子于是离开鲁国走了。

【原文】

楚狂接舆歌而过孔子[1]，曰："凤兮！凤兮！何德之衰[2]？往者不可谏，来者犹可追[3]。已而[4]！已而！今之从政者殆[5]而！"孔子下，欲与之言。趋而辟[6]之，不得与之言。[7]

【注释】

[1]接舆，楚人，佯狂辟世。夫子时将适楚，故接舆歌而过其车前也。

[2]接舆盖知尊孔子而趣不同者也。凤有道则见，无道则隐。接舆以比孔子，而讥其不能隐为"德衰"也。

[3]"来者可追"，言及今尚可隐去。

[4]已，止也。而，语助词。

[5]殆，危也。

[6]辟，去声。

[7]孔子下车，盖欲告之以出处之意。接舆自以为是，故

不欲闻而避之也。

【译文】

楚国的狂人接舆边唱歌，边经过孔子的车前。他唱道："凤鸟呀，凤鸟呀！你的德行为什么这样衰微？过去的不要再说了，未来的还可以追赶得上。算了吧，算了吧！现在从政的人多么危险啊！"孔子下车，想和他交谈，他却很快地避开了，孔子终于没能同他说话。

【原文】

长沮、桀溺①耦②而耕，孔子过之③，使子路问津④焉。长沮曰："夫执舆者为谁？⑤"子路曰："为孔丘。"曰："是鲁孔丘与⑥？"曰："是也。"曰："是知津⑦矣。"问于桀溺，桀溺曰："子为谁？"曰："为仲由。"曰："是鲁孔丘之徒与⑧？"对曰："然。"曰："滔滔者天下皆是也，而谁以易之？⑨且而⑩与其从辟人⑪之士也，岂若从辟世⑫之士哉？"耰而不辍⑬。子路行以告，夫子怃然⑭曰："鸟兽不可与同群，吾非斯人之徒与而谁与？天下有道，丘不与易也。"⑮

【注释】

①二人，隐者。沮，七余反。溺，乃历反。

②耦，并耕也。

③时孔子自楚反乎蔡。

④津，渡口。

⑤夫，音扶。执舆，执辔在车也。盖本子路御而执辔，今下问津，故夫子代之也。

⑥与，阴平。

⑦知津，言数周流，自知津处。

⑧"徒与"之与，阴平。

⑨滔，吐刀反。滔滔，流而不反之意。以，犹与也。言天下皆乱，将谁与变易之？

⑩而，汝也。

⑪辟，去声。辟人，谓孔子。

⑫辟世，桀溺自谓。

⑬耰，音忧，覆种也。亦不告以津处。

⑭怃，音武。怃然，犹怅然，惜其不喻己意也。

⑮与，如字。言所当与同群者，斯人而已，岂可绝人逃世以为洁哉？天下若已平治，则我无用变易之。正为天下无道，故欲以道易之耳。程子曰："圣人不敢有忘天下之心，故其言如此也。"张子曰："圣人之仁，不以无道，必天下而弃之也。"

【译文】

长沮、桀溺一同耕地。孔子从他们旁边经过，叫子路向他们问渡口。长沮对子路说："那个驾着车的人是谁？"子路说："是孔丘。"长沮又说："是鲁国那个孔丘吗？"子路说："正是。"长沮便说："那他早该知道渡口在哪里了。"子路再去问桀溺。桀溺问道："你是谁？"子路说："我是仲由。"桀溺又问："你是鲁国孔丘的门徒吗？"子路说："正是。"桀溺便道："天下到处一片混乱，你们同谁去改造它呢？再说你与其跟着（孔丘那种）逃避坏人的人，哪里比得上跟着（我们这种）逃避整个社会的人呢？"说完便不停地耙土。子路走来报告了孔子。孔子怅然地说："鸟兽是无法同他们生活在一起的，我不同人类生活在一起又同谁生活在一起呢？假如天下已经太平，我就不来改造它了。"

【原文】

子路从而后，遇丈人[1]，以杖荷蓧[2]。子路问曰："子见夫子乎？"丈人曰："四体不勤，五谷不分[3]。孰为夫子？"植[4]其杖而芸[5]。子路拱而立[6]。止子路宿，杀鸡为黍而食[7]之，见[8]其二子焉。明日，子路行，以告。子曰："隐者也。"使子路反见之。至则行矣[9]。子路曰："不仕无义。长[10]幼之节，不可废也，君臣之义，如之何其废之？欲洁其身，而乱大伦[11]？君子之仕也，行其义也。道之不行，已知之矣。"[12]

【注释】

[1]丈人，亦隐者。

[2]蓧，徒吊反，竹器。

[3]分，辨也。五谷不分，犹言不辨菽麦尔，责其不事农业而从师远游也。

[4]植，音值，立之也。

[5]芸，去草也。

鲤庭垂训

鲤庭垂训

⑥知其隐者，敬之也。

⑦食，音嗣。

⑧见，贤遍反。

⑨孔子使子路反见之，盖欲告之以君臣之义。而丈人意子路必将复来，故先去之以灭其迹，亦接舆之意也。

⑩长，上声。

⑪伦，序也。人之大伦有五：父子有亲，君臣有义，夫妇有别，长幼有序，朋友有信是也。

⑫子路述夫子之意如此。盖丈人之接子路甚倨，而子路益恭，丈人因见其二子焉，则于长幼之节，固知其不可废矣。故因其所明以晓之。仕所以行君臣之义，故虽知道之不行而不可废。然谓之义，同事之可否，身之去就，亦自有不可苟者。是以虽不洁身以乱伦，亦非忘义以徇禄也。福州有国初时写本，"路"下有"反子"二字，以此为子路反而夫子言之也。未知是否？范氏曰："隐者为高，故往而不反。仕者为通，故溺而不止。不与鸟兽同群，则决性命之情以饕富贵。此二者皆惑也，是以依乎中庸者为难。惟圣人不废君臣之义，而必以其正，所以或出或处而终不离于道也。"

【译文】

子路跟随孔子出游，却落在了后面。他遇上一位老人，用手杖挑着除草用的工具。子路问他："您看见我的老师了吗？"老人说："你四肢不劳动，五谷分不清，谁是你的老师呢？"说完，便拄着手杖去锄草。子路拱着手恭敬地站着。老人留子路在他家住宿，并杀鸡做饭给他吃，又叫他两个儿子出来与他相见。第二天，子路赶上孔子，把这事向他报告了。孔子说："这是一位隐士。"叫子路回去再看看他。到他家，他已经出去了。子路便说："不做官是不合适的。长幼间的次序，是不能废弃的。君臣之间的正当关系，又怎么能废弃呢？只想洁身自好，却损害了基本的伦常。君子出来做官，只是为了履行自己的义务。至于自己的主张无法实行，早就知道了。"

【原文】

逸民①：伯夷，叔齐，虞仲②，夷逸，朱张③，柳下惠，少连④。子曰："不降其志，不辱其身，伯夷、叔齐与⑤！"谓："柳下惠、少连，降志辱身矣。言中伦，行中虑，其斯而已矣。⑥"谓："虞仲、夷逸，隐居放言，身中清，废中权⑦。我则异于是，无可无不可。"⑧

【注释】

①逸，遗逸。民者，无位之称。

②虞仲，即仲雍，与泰伯同窜荆蛮者。

③夷逸、朱张，不见经传。

④少，去声，下同。少连，东夷人。

⑤与，阴平。

⑥中，去声，下同。伦，义理之次第也。虑，思虑也。中虑，言有意义合人心。柳下惠，事见上。少连事不可考。

然《记》称其"善居丧，三日不怠，三月不解，期悲哀，三年忧"，则行之中虑，亦可见矣。

⑦仲雍居吴，断发文身，裸以为饰。隐居独善，合乎道之清。放言自废，合乎道之权。

⑧孟子曰："孔子可以仕则仕，可以止则止，可以久则久，可以速则速。"所谓无可无不可也。谢氏曰："七人隐遁不污则同，其立心造行则异。伯夷、叔齐，天下不得臣，诸侯不得友，盖已遁世离群矣。下圣人一等，此其最高与！柳下惠、少连，虽降志而不枉己，虽辱身而不求合，其心有不屑也，故言能中伦，行能中虑。虞仲、夷逸，隐居放言，则言不合先王之法者多矣。然清而不污也，权而适宜也，与方外之士害义伤教而乱大伦者殊科，是以均谓之逸民。"尹氏曰："七人各守其一节，而孔子则无可无不可，此所以常适其可，而异于逸民之徒也。扬雄曰：观乎圣人则见贤人。是以孟子语夷、惠，亦必以孔子断之。"

【译文】

古来被遗落的人才有：伯夷、叔齐、虞仲、夷逸、朱张、柳下惠、少连。孔子说："不降低自己志向，不辱没自己身份，是伯夷、叔齐吧！"又说："柳下惠、少连降低了自己志向，辱没了自己身份，但言语合乎伦常，行为合乎义理，那也就如此而已。"又说："虞仲、夷逸，隐居避世，放肆直言，处身清白，被废置不用也是自己的权变之术。而我与这些人不同，没有什么可以，也没有什么不可以。"

【原文】

大师挚①适齐，亚饭干适楚，三饭缭适蔡，四饭缺适秦②。鼓方叔入于河③，播鼗武入于汉④，少师阳、击磬襄入于海。⑤

【注释】

①大，音泰。大师，鲁乐官之长。挚，其名也。

②饭，扶晚反。"亚饭"以下，以乐侑食之官。缭，音了。干、缭、缺，皆名也。

③鼓，击鼓者。方叔，名。河，河内。

④播，摇也。鼗，徒刀反，小鼓。两旁有耳，持其柄而摇之，则旁耳还自击。武，名也。汉，汉中。

⑤少，去声。少师，乐官之佐。阳、襄，二人名。襄即孔子所从学琴者。海，海岛也。此记贤人之隐遁以附前章，然未必夫子之言也。末章放此。张子曰："周衰乐废，夫子自卫反鲁，一尝治之，其后伶人贱工识乐之正。及鲁益衰，三桓僭妄，自大师以下，皆知散之四方、逾河蹈海以去乱。圣人俄顷之助，功化如此。'如有用我，期月而可。'岂虚语哉？"

【译文】

太师挚逃到了齐，亚饭干逃到了楚，三饭缭逃到了蔡，四饭缺逃到了秦。鼓师方叔逃居于黄河边上，摇小鼓的乐师武逃居于汉水边上，少师阳和击磬的乐师襄逃居到海边。

【原文】

周公谓鲁公[1]曰："君子不施[2]其亲，不使大臣怨乎不以[3]。故旧无大故，败不弃也[4]。无求备于一人。"[5]

周有八士：伯达，伯适，仲突，仲忽，叔夜，叔夏，季随，季骒[6]。

【注释】

[1]鲁公，周公子伯禽也。

[2]施，陆氏本作弛，诗纸反。福本同。弛，遗弃也。

[3]以，用也。

[4]大臣非其人则去之，在其位则不可不用。大故，谓恶逆。

[5]李氏曰："四者皆君子之事，忠厚之至也。"胡氏曰："此伯禽受封之国，周公训戒之辞。鲁人传诵，久而不忘也。其或夫子尝与门弟子言之欤？"

[6]或曰"成王时人"，或曰"宣王时人"。盖一母四乳而生八子也，然不可考矣。张子曰："记善人之多也"。愚按：此篇孔子于三仁、逸民、师挚、八士，既皆称赞而品列之；于接舆、沮、溺、丈人，又每有惓惓接引之意。皆衰世之志也，其所感者深矣！在陈之叹，盖亦如此。三仁则无间然矣。其余数君子者，亦皆一世之高士。若使得闻圣人之道，以裁其所过而勉其所不及，则其所立岂止于此而已哉？

【译文】

周公对鲁公说："君子不轻忽他的亲族，不叫大臣抱怨没被任用。旧臣故人如果没有重大过失，就不要抛开他。不要对某一个人求全责备！"

周朝曾有八个贤士：伯达、伯适、仲突、仲忽、叔夜、叔夏、季随、季骊。

卷　十

子张第十九

【原文】

子张曰："士见危致命[1]，见得思义，祭思敬，丧思哀，其可已矣。"[2]

【注释】

[1]致命，谓委致其命，犹言授命也。

[2]四者立身之大节，一有不至，则馀无足观。故言士能如此，则庶乎其可矣。

【译文】

子张说："读书人遇到危难能豁出性命，遇到占有利益能考虑是否正当，祭祀时想着恭敬严肃，居丧时想着悲痛伤心，那也就行了。"

【原文】

子张曰："执德不弘，信道不笃，焉能为有？焉能为亡？"①

【注释】

①有所得而守之太狭，则德孤；有所闻而信之不笃，则道废。焉，於虔反。亡，读作无。下同。焉能为有亡，犹言不足为轻重。

【译文】

子张说："占有道德不广大，信仰真理不坚定，这种人多了他能怎么样？少了他能怎么样？"

【原文】

子夏之门人问交于子张。子张曰："子夏云何？"对曰："子夏曰：'可者与之，其不可者拒之。'"子张曰："异乎吾所闻：君子尊贤而容众，嘉善而矜不能。我之大贤与①，于人何所不容？我之不贤与，人将拒我，如之何其拒人也？"②

【注释】

①"贤与"之与，阴平。

②子夏之言迫狭，子张讥之，是也。但其所言亦有过高之弊。盖大贤虽无所不容，然大故亦所当绝；不贤固不可以拒人，然损友亦所当远。学者不可不察。

【译文】

子夏的学生向子张问交友的原则。子张说："子夏怎么说？"他们回答说："子夏说：'值得交的就交结他，不值得交的就拒绝他。'"子张说："这和我所听到的不同：君子尊重贤人，也容纳普通人；鼓励好人，也怜悯无能的人。如果我是非常好的人呢，对什么人不能容纳？如果我是不好的人呢，别人将拒绝我，我又怎能拒绝别人呢？"

【原文】

子夏曰："虽小道①，必有可观者焉；致远恐泥②，是以君子不为也。"③

【注释】

①小道，如农圃医卜之属。

②泥，去声，不通也。

③杨氏曰："百家众技，犹耳目口鼻，皆有所明而不能相通。非无可观也，致远则泥矣，故君子不为也。"

【译文】

子夏说："即使小技艺，必定有可取之处，但过于沉溺会妨碍远大前程，所以君子不从事这些东西。"

【原文】

子夏曰："日知其所亡[1]，月无忘其所能，可谓好[2]学也已矣。"[3]

【注释】

[1]亡，无也，读作无。谓己之所未有。

[2]好，去声。

[3]尹氏曰："好学者日新而不失。"

【译文】

子夏说："每天知道所未知的，每月记住已经掌握的，可以说是好学了。"

【原文】

子夏曰："博学而笃志，切问而近思，仁在其中矣。"[1]

【注释】

[1]四者皆学问思辨之事耳，未及乎力行而为仁也。然从事于此，则心不外驰，而所存自熟，故曰"仁在其中矣"。程子曰："博学而笃志，切问而近思，何以言'仁在其中

矣'？学者要思得之。了此，便是彻上彻下之道。"又曰：
"学不博则不能守约，志不笃则不能力行。切问近思在己者，
则仁在其中矣。"又曰："近思者以类而推。"苏氏曰："博
学而志不笃，则大而无成；泛问远思，则劳而无功。"

【译文】

子夏说："广泛地学习而且坚守自己的志趣，恳切地发
问而且思考当前的问题，仁德就在这里面了。"

【原文】

子夏曰："百工居肆以成其事，君子学以致其道。"①

【注释】

①肆，谓官府造作之处。致，极也。工不居肆，则迁于
异物而业不精。君子不学，则夺于外诱而志不笃。尹氏曰："学
所以致其道也。百工居肆，必务成其事。君子之于学，可不
知所务哉？"愚按：二说相须，其义始备。

【译文】

子夏说："各种匠师们在工场里完成他们的工作，君子
通过学来获得那个道。"

【原文】

子夏曰："小人之过也必文。"①

【注释】

①文，去声，饰之也。小人惮于改过，而不惮于自欺，故必文以重其过。

【译文】

子夏说："小人对自己的过错也一定会加以掩饰。"

【原文】

子夏曰："君子有三变：望之俨然①，即之也温②，听其言也厉③。"

【注释】

①俨然者，貌之庄。

②温者，色之和。

③厉者，辞之确。程子曰："他人俨然则不温，温则不厉，惟孔子全之。"谢氏曰："此非有意于变，盖并行而不相悖也，如良玉温润而栗然。"

【译文】

子夏说："君子有三变：远远望着庄严可畏，来到面前温和可亲，听他的话严厉不苟。”

【原文】

子夏曰：“君子信①而后劳其民，未信则以为厉②己也；信而后谏，未信则以为谤己也。”③

【注释】

①信，谓诚意恻怛而人信之也。

②厉，犹病也。

③事上使下，皆必诚意交孚，而后可以有为。

【译文】

子夏说：“在上位的人必须取得百姓的信任以后才去役使他们；否则百姓会以为你在虐害他们。君子必须得到信任以后才去劝谏，否则，君主会以为你在诽谤他。”

【原文】

子夏曰：“大德不逾闲，小德出入可也。”①

【注释】

①大德、小德，犹言大节、小节。闲，阑也，所以止物之出入。言人能先立乎其大者，则小节虽或未尽合理，亦无

害也。吴氏曰："此章之言，不能无弊。学者详之。"

【译文】

子夏说："大的节操不能逾越界限，小的操行有点出入是可以的。"

【原文】

子游曰："子夏之门人小子，当洒扫、应对、进退，则可矣。抑末也，本之则无。如之何？[1]"子夏闻之，曰："噫！言游过矣！君子之道，孰先传焉？孰后倦焉？譬诸草木，区以别矣。君子之道，焉可诬也？有始有卒者，其惟圣人乎！"[2]

【注释】

①洒，色卖反。扫，素报反。子游讥子夏弟子：于威仪容节之间则可矣；然此小学之末耳，推其本，如《大学》"正心"、"诚意"之事，则无有。

②倦，如"诲人不倦"之倦。区，犹类也。别，必列反。焉，於虔反。言君子之道，非以其末为先而传之，非以其本为后而倦教。但学者所至，自有浅深，如草木之有大小，其类固有别矣。若不量其浅深，不问其生熟，而概以高且远者强而语之，则是诬之而已。

观蜡问俗

【译文】

子游说:"子夏的学生们,担当打扫卫生、接待客人工作,那是可以的,不过是末节小事罢了。但他们的学术基础却没有,这怎么可以呢?"

子夏听了这话,便说:"咳!子游说错了。君子的学术,哪些先传授呢?哪些后讲述呢?拿草木来做比喻,也是要区别为各种门类的。君子的学术,怎么可以歪曲呢?能有始有终的,大概只有圣人吧。"

【原文】

子夏曰:"仕而优则学,学而优则仕。"①

【注释】

①优,有余力也。仕与学,理同而事异。故当其事者,必先有以尽其事,而后可及其余。然仕而学,则所以资其仕者益深;学而仕,则所以验其学者益广。

【译文】

子夏说:"出去做官,办完公事还有余力,就去学习;在家学习,完成了学业还有余力,就去做官。"

【原文】

子游曰:"丧致乎哀而止。"①

【注释】

①致极其哀，不尚文饰也。杨氏曰："'丧，与其易也宁戚'，不若礼不足而哀有余之意。"愚按："而止"二字，亦微有过于高远而简略细微之弊。学者详之。

【译文】

子游说："儿女在居丧时，内心表现出十足的悲哀也就可以了。"

【原文】

子游曰："吾友张也，为难能也。然而未仁。"①

【注释】

①子张行过高，而少诚实恻怛之意。

【译文】

子游说："我的朋友子张真是难能可贵的了，然而还没有能做到仁。"

【原文】

曾子曰："堂堂乎张也，难与并为仁矣。"①

【注释】

①堂堂，容貌之盛。言其务外自高，不可辅而为仁，亦不能有以辅人之仁也。范氏曰："子张外有余而内不足，故门人皆不与其为仁。子曰：'刚、毅，木、讷，近仁。'宁外不足而内有余，庶可以为仁矣。"

【译文】

曾子说："子张的学问表面上很堂皇，因而难以和他一起达到仁。"

【原文】

曾子曰："吾闻诸夫子：人未有自致②者也，必也亲丧乎！"②

【注释】

①致，尽其极也。盖人之真情所不能自已者。

②尹氏曰："亲丧固所自尽也，于此不用其诚，恶乎用其诚？"

【译文】

曾子说："我听老师说过，一个人平时的感情不会自动地充分表露出来，只有在遇到父母的丧事时才能这样吧！"

【原文】

曾子曰："吾闻诸夫子：孟庄子之孝也，其他可能也；其不改父之臣与父之政，是难能也。"①

【注释】

①孟庄子，鲁大夫，名速。其父献子，名蔑。献子有贤德，而庄子能用其臣，守其政。故其他孝行虽有可称，而皆不若此事之为难。

【译文】

曾子说："我听老师说过：孟庄子的孝行，其他方面别人都可以做得到，而他不变更父亲的旧臣和政治措施，则是别人难以做到的。"

【原文】

孟氏使阳肤①为士师，问于曾子。曾子曰："上失其道，民散②久矣。如得其情，则哀矜而勿喜。"③

【注释】

①阳肤，曾子弟子。

②民散，谓情义乖离，不相维系。

③谢氏曰："民之散也，以使之无道，教之无素。故其

犯法也，非迫于不得已，则陷于不知也。故得其情，则哀矜而勿喜。”

【译文】

孟孙氏任命阳肤做法官，阴肤去向曾子请教。曾子说："如今执政的人不按制度办事，民心离散已经很久了。你如果能了解到百姓犯罪的真实情况，就应该哀怜他们，而不要〔以为对他们做到了按法治罪〕沾沾自喜！"

【原文】

子贡曰："纣之不善，不如是之甚也。是以君子恶居下流，天下之恶皆归焉。"①

【注释】

①"恶居"之恶，去声。下流，地形卑下之处，众流之所归。喻人身有污贱之实，亦恶名之所聚也。子贡言此，欲人常自警省，不可一置其身于不善之地；非谓纣本无罪而虚被恶名也。

【译文】

子贡说："商纣的坏处，不像现在传说的这么严重。所以君子最怕沾着恶名，一旦沾着恶名，天下什么坏的名声都会集中到他身上了。"

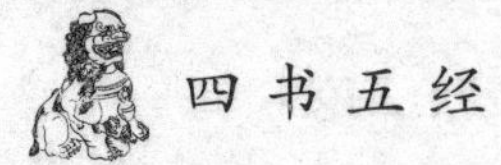

【原文】

子贡曰："君子之过也，如日月之食焉：过也，人皆见之；更①也，人皆仰之。"

【注释】

①更，阴平。

【译文】

子贡说："君子的过失如同日蚀和月食：犯错误的时候，人人都看得见；当改正的时候，每个人都仰望着。"

【原文】

卫公孙朝①问于子贡曰："仲尼焉②学？"子贡曰："文、武之道③，未坠于地，在人。贤者识其大者，不贤者识其小者，莫不有文、武之道焉。夫子焉不学？而亦何常师之有？"

【注释】

①朝，音潮。公孙朝，卫大夫。

②焉，於虔反。

③文、武之道，谓文王、武王之谟训功烈与凡周之礼乐文章，皆是也。

【译文】

卫国的公孙朝问子贡：“仲尼的学问是从哪里学来的？”子贡说：“周文王、武王的道术并没有失传，还在人间流传。贤能的人能记住根本的部分，不贤能的人只能记住其中末节的东西，没有地方没有文王、武王的道术。我的老师何处不能学呢？而又何必要有固定的老师呢？”

【原文】

叔孙武叔语大夫于朝①，曰：“子贡贤于仲尼。”子服景伯以告子贡。子贡曰：“譬之宫墙：赐之墙也及肩，窥见室家之好②。夫子之墙数仞③，不得其门而入，不见宗庙之美，百官之富④。得其门者或寡矣。夫子⑤之云，不亦宜乎！”

【注释】

①武叔，鲁大夫，名州仇。语，去声。朝，音潮。

②墙卑室浅。

③七尺曰仞。

④不入其门，则不见其中之所有。言墙高而官广也。

⑤此“夫子”指武叔。

【译文】

叔孙武叔在朝廷中对大夫们说：“子贡比他的老师仲尼

还要强些。”

子服景伯把这话告诉了子贡。子贡说：“拿房屋的围墙做比喻：我家的围墙只有齐肩膀那么高，人们可以从墙外看到房屋的美好。我老师家的围墙有几丈高，如果找不到大门进去，就看不见里边宗庙的雄伟富丽，房舍的多式多样。能够找到大门的人大概不多吧，那么，武叔他老人家的这话，不也是很自然的吗？”

【原文】

叔孙武叔毁仲尼。子贡曰：“无以为①也，仲尼不可毁也。他人之贤者，丘陵②也，犹可逾也。仲尼，日月③也，无得而逾焉。人虽欲自绝④，其何伤于日月乎？多⑤见其不知量也！”

【注释】

①无以为，犹言无用为此。

②土高曰丘，大阜曰陵。

③日月，喻其至高。

④自绝，谓以谤毁自绝于孔子。

⑤多，与祗同，适也。

【译文】

叔孙武叔诋毁仲尼。子贡说：“不要这样做！仲尼是诋毁不了的。别人的贤能好比山丘，还可以翻越过去；而仲尼就是太阳和月亮，是无法超越的。有人即使想自绝于太阳和月亮，那对太阳、月亮又有何损伤呢？只不过表明他不自量力罢了。"

【原文】

陈子禽谓子贡曰："子为恭①也，仲尼岂贤于子乎？"子贡曰："君子一言以为知，一言以为不知，言不可不慎也②。夫子之不可及也，犹天之不可阶而升也③。夫子之得邦家者，所谓立之斯立，道之斯行，绥之斯来，动之斯和。其生也荣，其死也哀。如之何其可及也！"

【注释】

①为恭，谓为恭敬推逊其师也。

②责子禽不谨言。知，去声。

③阶，梯也。大可为也，化不可为也，故曰"不可阶而升"。

【译文】

陈子禽对子贡说："您对仲尼那么恭敬，难道他比您还强吗？"

子贡说："君子说一句话可以表现出他的聪明，也可以表现出他的无知，所以说话不可不谨慎。我的老师是不可赶

上城上的高楼

上的，就好像青天不可以用梯子一级级地爬上去一样。我的老师如果当上诸侯或卿大夫，那正如我们所说的，他要百姓站住脚跟，百姓便都站住脚跟；引导百姓前进，百姓自然会前进；要安抚百姓，百姓自然会前来投奔；要动员百姓，百姓就会合力响应。他老人家生得光荣，死得可惜，令人悲哀。别人怎么能赶得上呢？”

尧曰第二十

【原文】

尧曰："咨①！尔舜，天之历数在尔躬②，允执其中③。四海困穷，天禄永终。"舜亦以命禹。

曰："予小子履④，敢用玄牡⑤，敢昭告于皇皇后帝：有罪不敢赦，帝臣不蔽，简在帝心。朕躬有罪，无以万方；万方有罪，罪在朕躬。"

周有大赍，善人是富。"虽有周亲，不如仁人。百姓有过，在予一人。"

谨权量，审法度，修废官，四方之政行焉；兴灭国，继绝世，举逸民，天下之民归心焉。

所重：民、食、丧、祭。

宽则得众，信则民任焉，敏则有功，公则说。

【注释】

①咨：感叹词，无义。

②历数：相当于现在所说的天数。

③允：得当。一说，是诚实、认真的意思。

④予小子：上古帝王自谦之辞。

⑤玄牡（mǔ 母）：黑色的公牛。

【译文】

尧说："啊！舜啊，上天的运数落在了你的身上，得当地把握住它的正道。如果天下都困顿穷苦，上天的禄位就会永远终止。"舜也用这番话来告诫禹。

成汤说："在下后生履，冒昧地用黑色的公牛来明白地禀告伟大的天帝：有罪的人我不敢擅自赦免，上帝的臣属我不敢掩蔽遗漏，请上帝加以鉴察。我个人有罪，不要加罪于四方诸侯；四方诸侯有罪，责任在于我个人。"

周室得到上天的赏赐，善人得以富有。周武王说："即使有亲近的亲属，不如有仁德的人士。百姓有过错，责任在我一人。"

慎重地确定度量衡，审察礼乐制度，恢复废弃的官职，政令就能在全国通行；复兴灭亡的国家，承续断绝的世族，举用隐逸的人才，天下的民众就会从内心归服。

应该重视民众、粮食、丧葬、祭祀。

宽厚就会得到众人拥护，诚实就会得到民众的信任，敏捷就有成绩，公正就能使众人悦服。

【原文】

　　子张问于孔子曰："何如斯可以从政矣？"子曰："尊五美，屏四恶①，斯可以从政矣。"子张曰："何谓五美？"子曰："君子惠而不费，劳而不怨，欲而不贪，泰而不骄，威而不猛。"子张曰："何谓惠而不费？"子曰："因民之所利而利之，斯不亦惠而不费乎？择可劳而劳之，又谁怨？欲仁而得仁，又焉贪？君子无众寡，无小大，无敢慢，斯不亦泰而不骄乎？君子正其衣冠，尊其瞻视，俨然人望而畏之，斯不亦威而不猛乎？"子张曰："何谓四恶？"子曰："不教而杀谓之虐；不戒视成谓之暴；慢令致期谓之贼；犹之与人也，出纳之吝谓之有司②。"

【注释】

　　①屏（bǐng 丙）：除。

　　②出纳之吝谓之有司：出纳，这里是支出的意思。有司，管理某一具体事情的官称有司，这里指管理财务的官。

【译文】

　　子张问孔子："怎样才可以做官管理政事？"孔子说："尊崇五种美德，摒弃四种恶政，这样就可以做官管理政事了。"子张说："五种美德是什么？"孔子说："给老百姓施以恩惠，对自己却没有什么耗费；役使人民而人民不会怨恨；有求仁德的欲望但不贪图财利；庄重而不骄傲，威严但不凶狠。"子张问："什么是给老百姓施以恩惠，对自己却没有耗费呢？"孔子说："顺着老百姓可以得利方面引导他们去做能得利的事，这不就是给老百姓以恩惠，对自己却没有耗费吗？选择合适的时间使老百姓劳作，又有谁会怨恨呢？自己想求得仁德而得到了仁德，又怎么能说是贪图财利呢？君子处事，在任何环境当中都没有人多与人少，大事与小事的区别，对于任何事情都不怠慢，这不就是庄重而不骄傲吗？君子衣冠整齐端正，目光严肃庄重，使人望而生畏，这不就是威严但不凶狠吗？"子张又问："四恶是什么？"孔子说："不教化而犯了罪就杀叫做虐，不先告诫而马上检查成果叫做暴；督促不严，到时又要限期完成叫做害人，同样是给别人赏赐，出手的时候却又很吝惜，这是有司这样小官的作风。"

【原文】

子曰："不知命，无以为君子也；不知礼，无以立也；不知言，无以知人也。"

【译文】

孔子说："不懂得天命，就不能做君子；不懂得礼，就无法在社会上自立；不辨别言语的是非，就无法了解别人。"

孟

子

梁惠王上

第一章

【原文】

孟子见梁惠王。①王曰："叟不远千里而来，亦将有以利吾国乎？"②孟子对曰："王何必曰利？亦有仁义而已矣。③王曰：'何以利吾国？'大夫曰：'何以利吾家？'士庶人曰：'何以利吾身？'上下交征利，而国危矣！万乘之国，弑其君者，必千乘之家；千乘之国，弑其君者，必百乘之家。万取千焉，千取百焉，不为不多矣。苟为后义而先利，不夺不餍。④未有仁而遗其亲者也，未有义而后其君者也。⑤王亦曰仁义而已矣，何必曰利？"

【注释】

①梁惠王，魏侯䓨也，都大梁，僭称王，谥曰惠。《史

记》：“惠王三十五年，卑礼厚币，以招贤者，而孟轲至梁。”

②叟，长老之称。王所谓"利"，盖富国强兵之类。

③仁者，心之德，爱之理；义者，心之制，事之宜也。此二句乃一章之大指，下文乃详言之。后多放此。

④餍，于艳反。此言求利之害。以明上文"何必曰利"之意也。征，取也。上取乎下，下取乎上，故曰交征。国危，谓将有弑夺之祸。乘，车数也。万乘之国者，天子畿内地方千里，出车万乘。千乘之家者，天子之公卿采地方百里，出车千乘也。千乘之国，诸侯之国。百乘之家，诸侯之大夫也。弑，下杀上也。餍，足也。言臣之于君，每十分而取其一分，亦已多矣；若又以义为后，而以利为先，则不弑其君而尽夺之，其心未肯以为足也。

⑤此言仁义未尝不利，以明上文"亦有仁义而已"之意也。遗，犹弃也。后，不急也。言仁者必爱其亲，义者必急其君，故人君躬行仁义而无求利之心，则其下化之，自亲戴于已也。

【译文】

孟子拜见梁惠王。惠王道："老先生不远千里前来，将会带给我们国家什么利益吗？"

孟子回答说："大王何必讲什么利益呢？只要有仁义就够了。大王如果说'如何才能对我国有利？'大夫说'如何才能对我的家族有利？'一般士子、平民说'如何才能对我自身有利？'如此这般，上上下下就会相互争夺，国家就会危险了。在拥有万乘兵车的国家，杀死它的国君的人，必定是拥有千乘兵车的大夫；在拥有千乘兵车的国家，杀死它的国君的人，必定是拥有百乘兵车的大夫。在万乘兵车的国家中拥有千乘兵车，在千乘兵车的国家中拥有百乘兵车，不能说不是很多的了。如果把义放在后边而先求得自己的私利，那么那些大夫不去夺取国君的位置是决不会满足的。没有讲仁德的人会抛弃父母的，也没有讲义的人而不顾及君王的。大王只说说仁义罢了，何必去谈利呢？"